KB025210

질문이 될 시간

질문이 될 시간

1판 1쇄 인쇄 2023년 11월 22일
1판 1쇄 발행 2023년 12월 1일

지은이   임희정

발행처   (주)수오서재
발행인   황은희 장건태
책임편집   황은희
편집   최민화 마선영 박세연
마케팅   황혜란 안혜인
디자인   권미리

제작   제이오
주소   경기도 파주시 돌곶이길
            170-2 (10883)
등록   2018년 10월 4일
            (제406-2018-000114호)
전화   031 955 9790
팩스   031 946 9796
전자우편   info@suobooks.com
홈페이지   www.suobooks.com
ISBN   979-11-93238-16-5
            (03810)
            책값은 뒤표지에 있습니다.

ⓒ임희정, 2023
이 책은 저작권법에 따라 보호받는
저작물이므로 무단전재와 복제를
금합니다. 이 책 내용의 전부 또는
일부를 사용하려면 반드시 저작권자와
수오서재에게 서면동의를 받아야 합니다.

질문이 될 시간

임희정 지음

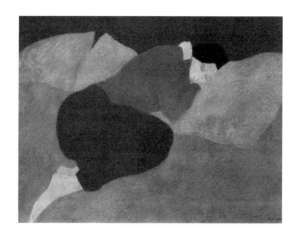

고립과 단절, 분노와 애정 사이
'엄마 됨'을 기록하며

수오서재

끊임없이 감정의 모순이

반복되는 일.

기꺼이 하면서도

기쁘지만은 않은 일.

내 모든 걸 내어주면서도

내가 사라질까 두려운 일.

엄마라는

일.

아무것도 없는 빈 곳,

아무도 없는 빈 시간.

그 틈에서 온전히 쉬고 싶다.

당신과 나,

세상 모든 엄마들에게.

질문이 된 그리고 질문이 될 이들에게

아이를 낳고 나는 질문이 되었다.

임신이 이렇게나 생경한 변화와 고통으로 가득한 것이었나? 출산이 이렇게나 아이의 탄생과 나의 죽음 사이를 오가는 공포의 순간이었나? 육아가 이렇게나 극한의 노동이었나? 그 노동은 왜 한쪽 성별에게 이리도 가혹하게 쏠려 있나? 돌봄은 개인의 몫인가? 돌봄을 하는 사람에게는 어떤 돌봄이 필요한가? 아이로 인해 환희와 분노, 행복과 좌절, 기운과 피로를 동시에 느끼는 것은 이상한가? 요동치는 나는 정상인가? 무너지는 나는 나약한가? 모성애는 정말 본능인가? 내가 낳은 아이는 나보다 무조건 소중한가? 희생의 주체는 엄마인가? 엄마는 무엇인가?

그리고 아이를 키우며 앞으로도 나는 계속 질문이 될 것임을 알게 되었다. 정답 없는 질문, 질문하는 질문, 파동하는 질문 속에서 적어도 아이가 성인이 될 때까지 질문이 될 시간을 오래오래 살아가야 함을 안다.

이 책의 글이 '배부른 고통'처럼 보일까 많이 고민했다. 아이를 갖고 싶어도 못 갖는 사람, 쌍둥이와 둘 셋도 키우는 엄마. 나보다 먼저 엄마가 된 모든 이들. 그들 앞에서 내 고통은 한없이 작아졌고 문장은 자주 삭제되었다. 생애 처음으로 한 생명을 보살피고 있는 나는 기껏해야 엄마인 것 같았다. 내 모든 경험은 서툴고 어설프며 낯설고 부족한 것이었다. 투정과 한탄, 후회와 실패가 가득한 말들. 과연 그 이야기들을 쓰는 것이 맞을까. 매번 괴로웠다.

하지만 엄마가 된 나는 알게 되었다. 말하지 못하고 기록되지 못한 누군가의 고통과 희생이 너무 오랫동안 저평가되었다는 것을. 그렇게 한 존재의 고된 삶의 시기가 통째로 단순화되었다. 열 달의 임신 기간 동안 겪는 몸의 변화와 출산의 고통, 미숙하고 혼란스럽고 고달픈 육아의 길고 복잡한 이야기가 아이의 성장과 함께 다 사라졌다.

갓 태어난 아이에 대한 말과 기록, 연구와 조사는 성장 시기별로 넘치는데 갓 태어난 엄마에 대한 관심과 고찰, 당사자의 생각과 이야기는 적고 감춰지고 미화되었다. 출산과 출생은 어쩌면 주어만 다른 같은 단어일지 모른다. 아이가 태어날 때 나도 엄마로 태어났다. 배 밖으로 나온 아이가 마주하는 모든 것이 낯설 듯 엄마가 된 내가 마주하는 세상도 다 생소했다. 그동안 이미 살아왔다고 익숙한 삶이 아니었다. 아픈데 참아야 했고, 고단하고 우울한데 견뎌야 했으며, 처음인데 잘해야 했다. 아이 앞에 엄마는 그런 존재여야 했다. 차근차근 익히고 천천히 익숙해질 수도 없는, 배 속의 아이가 나오는 순간 한꺼번에 되어야 하는 게 엄마였다.

나는 항상 궁금했다. 여성이 엄마가 되는 것은 선택이고 많은 선택에는 책임과 회한이 있기 마련인데 왜 유독 이 영역에는 의무만 있고 후회의 말은 없는가. 아이를 낳고 너무 아팠다는 말, 힘들었다는 말, 아이가 주는 행복만큼이나 불행도 있다는 고백은 나약하다 여겨지고 공격받아야 하는가. 아이를 키우며 느끼는 '분노와 애정'의 양가감정으로 사실 제일 괴로운 것은 엄마 자신이다. 세상엔 엄마를 향한 평가와 응원, 격려와 충고가 동시에 쏟아져 힘이 나기도 하고 빠지기도 한다. 희생과 헌신, 무조건과 당연함. 유독 엄마 앞에 찰싹 달라붙은 이런 시선이 한 인간을 좌절하게 한다.

모성애 넘치는 여성, 완벽한 엄마라는 판타지를 만들어 사회는 양육과 돌봄을 개인에게 짐 지우고 물러나 있었다. '특정 사회에서 사람들이 호소하는 고통은 그 사회가 강요하는 정상성과 관련이 있다'고 했다. 나도 그 판타지 안에서 홀로 분투하며 괴로워한 시간이 있었다.

산후우울증으로 고생할 때 찾아 읽게 된 정신의학신문에

서 본 문장을 휴대폰 메모장에 적어두고 두고두고 읽었다. '완벽한 사랑, 완벽한 헌신, 완벽한 돌봄. 그런 건 없다. 세상에 존재하지도 않는 이상적인 사랑을 설정한 후 나와 비교해서 괴로워하지 말라.' 하지만 나 또한 빈틈없고 완전한 엄마가 되어야 한다는 부담감에 스스로를 옥죄고 답답해했음을 고백한다.

　고통은 알려지지 않았고, 알려지지 않은 고통은 잊혔고, 그렇게 전혀 나아지지 않은 채 똑같이 반복되었다. 우울과 분노는 한 사람의 가슴속에서만 남아 곪아가고. 인류의 절반 가까이가 아팠는데 그 통증은 여전히 줄어들 줄 모른다. 또 누군가 그렇게 무지한 채로 희망과 행복에만 기대를 건 채 임신을 한다. 이제 막 엄마가 된 여성의 우울이 시작된다. 엄마의 고통을 엄마만 안다. 그래서 결국 엄마가 모든 고통을 떠안는다. 아이가 하나라고 덜 힘든 게 아니라 아이가 둘 셋이면 더 힘든

0
1
6

거라고 생각한다. 육아라는 노동 자체의 기본값이 높은 것이다. 고통은 자체로 이해받아야지 정도로 비교되어서는 안 된다. 생애 가장 혼란스럽고 고단한 육아라는 노동, 한 분야의 힘겨운 노동이 너무 오랜 시간 평가절하되었고 폄훼되었다.

참으라고, 다 그런 거라고 하는 말들과 나만 유별난 것 같은 자기 검열과 달라지지 않는 인식과 한쪽으로 치우쳐진 돌봄, 예산만 늘리는 간편한 출산 정책들이 그렇게 만들었다. 이 모든 해결책의 시작은 고통의 목소리다. 겨우 엄마인 나는 그래서 쓰기 시작했다.

나는 결코 임신, 출산, 육아의 고통을 말하며 그것을 하지 말라고 주장하는 게 아니다. 좀 더 수월하게, 좀 덜 아프게, 모두 행복하게, 잘해보자 말하려는 것이다. 알고 준비하고 함께 공감하며 엄마와 아이가 함께 잘 성장하자고 독려하고 싶은 것이다.

내 고통을 말하면 누군가의 고통도 더 잘 들릴 거라 믿는다. 고통이 고통을 만나면 배가 되는 게 아니라 위로가 됨을 안다. 돌봄과 양육. 각자의 경험치가 너무나 달라 쓰기 어려운 영역이지만, 그러므로 각자 경험한 이야기가 필요한 영역이다. 공통지점을 찾고 중간영역을 책정해 필요한 도움과 개선해야 할 점, 바뀌어야 할 인식과 만들어나가야 할 방향에 대해 찾아볼 수 있을 것이다.

모두에게 사랑받는 사람이 되는 것이 힘든 것처럼 모두에게 이해받는 글을 쓰는 것도 힘든 일이다. 가능은 하겠지만 그만큼 문장도 단어도 주제도 커질 것이다. 큰말은 핵심과 실체를 담지 못한다. 그런 기록은 변화를 만들어내지 못한다. 제왕절개를 하던 순간에도 과정과 감각, 감정과 생각을 잊지 않으려 애썼다. 임신, 출산, 육아의 진짜 이야기가 필요하다고 생각했기 때문이었다. 엄마가 된 내가 기록할 수 있는 글과 할 수 있는 말이 따로 있다고 믿었다. 아이가 잠들면 힘겹게 글 속으로 파고들었다. 이 이야기가 필요한 누군가와 어딘가가 있을 거라 믿는다.

엄마가 된 우리는 질문이 될 시간을 산다. 질문이 될 엄마들. 깊고 두꺼운 질문을 안고 잘 살아가기 위해 또 질문을 한다. 대답과 정답 대신 또 다른 질문이 돌아와도 좋을 것이다. 질문은 사유를 만들고, 사유는 우리를 좀 더 단단하고 괜찮은 엄마로, 여성으로, 인간으로 만들어줄 것이다. 나는 질문을 하기 위해 쓰기도 했지만, 질문하지 않기 위해 쓰기도 했다. 타자와 세상에 묻는 질문 만큼이나 나에게 던지는 질문도 필요했다. 물음표를 피면 느낌표가 되듯 오므리고 펴낸 생각들을 이곳에 담았다.

질문이 된 사람들, 질문이 될 사람들, 생의 여러 질문을 품고 우린 또 살아간다.

1 장

아이를 낳고 죽고 싶었다

‘낳고’와 ‘죽고’ 사이, 눈물 가득했던 밤

죽이거나 죽는 것 외에도 방법이 있다.

살아내는 것이다.

크리스타 볼프

아이를 낳고 죽고 싶었다. ‘낳고’와 ‘죽고’ 사이에 눈물 가득한 수많은 밤이 흘렀다. 나는 아이를 낳고 너무나 신기했고 행복했고 기뻤고 막막했고 슬펐고 아팠고 힘들었고 고통스러웠고 괴로웠고 그리고 죽고 싶기도 했다. 이제 막 세상에 태어난 아이 옆에 죽음을 생각하는 엄마가 되어 있었다. 매일 나를 갈아 넣어 아이를 키우는 건 분명 고통이었다. 아이가 피어나는 만큼 나는 사그라들었다. 나도 한때 꽃이었다. 그 생각에 눈물만 났다.

아이는 실컷 먹었고 줄곧 잤고 마냥 울었다. 나는 겨우 먹었고 설핏 잤고 시도 때도 없이 눈물이 났다. 배부르게 아이를 먹이고 난 후 싱크대 앞에 서서 국에 밥을 말아 몇 숟가락을 급하게 삼켰고, 똥오줌 가득한 아이의 기저귀를 갈아주고 난 후 화장실 문을 열어두고 아이를 바라보며 급하게 볼일을 봤다. 내려놓기만 하면 자지러지게 우는 아이 앞에서 모든 일이 조바심 났고 불편했다. 왼팔로는 항상 아이를 안았고 오른팔로는 젖병과 청소기, 손수건과 빨랫감을 번갈아 집었다. 약해진 손목 때문에 두 손으로 안아도 힘겹고 불안한 아이를 한 손으로 안고서 남은 한 손으로 모든 걸 해야만 했다. 혹시라도 아이가 잠깐 잠이 들면 그제야 내려두고 소리 내지 않고 빠르고 바쁘게 남은 집안일을 했다. 나를 위한 시간은 없었고 불가능했다. 씻지 못한 얼굴에 아이 침이 가득 묻은 휘늘어진 옷을 입은 나는 마음마저 얼룩지고 처져버렸다. 나날이 지쳐갔다. 도저히 이유를 모른 채 한없이 우는 아이를 볼 때마다 나도 따라 통곡했다. 온종일 말 못 하는 갓난쟁이 앞에서 혼잣말을 하며 누군가와 제대로 된 대화를 간절히 바랐다. 그렇게 먹이고 재우고 달래는 하루가 무한히 반복됐고 끝나지 않을 것 같았다. 시계는 돌아가는데 시간은 멈춰 있는 듯했다.

집 안은 감옥 같았다. 현관문 밖을 단 한 번도 나가보지 못

하는 날들이 이어졌다. 햇살이 좋아도 바람이 불어도 비가 와도 공기가 맑아도 집 안에서 아이 얼굴만 내내 바라봐야 했다. 그날그날의 햇살, 비, 구름, 바람, 기온은 나와 무관했다. 아이가 잠든 새벽 그 문을 열고 나가 몇 발자국 걸어보며 한꺼번에 숨을 몰아쉬고는 얼른 들어오기도 했다. 언제든 열 수 있는 문이었는데 마음껏 드나들 수 없었다. 끊임없이 돌봐야 할 누군가가 있다는 건 그런 것이다. 곁을 떠날 수 없어 스스로 고립될 수밖에 없는 것. 세상의 공기는 무한한데 내가 들이마실 수 있는 바깥공기는 너무나 적었다. 독박육아를 하며 집에서 창밖을 바라보는 일은 감상이 아닌 슬픔이 되었다.

산후통에 내 모든 관절은 고통이었다. 손가락 마디부터 발가락까지 온몸의 모든 뼈가 삭아버린 듯했다. 아이를 낳는 데는 몇 시간이 걸렸을 뿐인데 몸의 세월은 30년쯤 흘러 있었다. 아이는 자라려면 아직 까마득한데 나의 쇠약은 바싹 와 있었다. 팔목과 발목, 허리와 무릎에 보호대를 감싸도 내 몸은 지탱되지 못했다. 날로 무거워지는 아이를 나날이 약해지는 내가 수시로 들어올려야 했다. 반복적으로 들어올려도 단련되지 못했다. 매번 아팠다. 몸의 회복은 멀어지고 신음과 한숨은 깊어져 갔다. 쉴 틈 없고 여유 없는 이런 하루들이 계속 반복되니 죽음을 생각할 만큼 나약해질 수밖에 없었다. 그래서 '아이를 낳고 죽고 싶다' 생각했다.

　　그러면서도.

　　지금이 너무 괴로워 자고 일어나면 아이가 훌쩍 커버린 몇 년 후로 시간이 지나가 있길 바랐지만, 어제보다 포동포동해진 하루치의 살이 차오른 내 새끼를 보면 쑥쑥 크는 것이 못내 아쉬워 시간이 천천히 흘렀으면 했다.

　　말 못 하는 아이 앞에서 애가 타고 갑갑해 무엇이 불편한지 어떤 걸 원하는지 말해줬으면 싶다가도 날로 늘어나고 다양해지는 옹알이 소리를 들으며 아이의 첫 언어와 표현을 잘 해석해 정성껏 답해주고 싶었다.

　　내내 보채고 울고 찡찡거려 시달리다 지쳐 화가 나려 해도 입을 벌리고 밝게 웃는 아이의 표정 하나에 나도 따라 순식간에 환해지곤 했다. 깐깐하고 복잡하고 어려웠던 내가 아이 앞에선 뭐든 쉬웠다.

　　내 품에 안겨 잠든 아이를 볼 때면 눈물과 웃음이 동시에 흘러 울다가 웃다가 지긋이 바라봤다가 지어야 할 표정이 많았다. 밀려오는 감정이 넘쳐났고, 몰려드는 생각이 가득했다. 절로 글감이 쌓였다. 뭐라도 쓰고 싶었다. 아이의 지금이 너무 소중해서 잘 기록해 영원히 기억하고 싶었다.

아이의 자람을 위해 내 늙음이 보이지 않았고, 아이의 건강을 위해 내 미약이 당연한 듯 보였다. 나는 많이 아파도 아이는 조금도 아프지 않았으면 했다. 아이는 나의 고통이자 환희, 눈물이자 웃음, 내 모든 기분과 마음이었다. 사랑이면서도 사랑만은 아닌 어떤 것. 새롭고 무한한 이 기운을 나는 무어라 이름 붙여야 할지 몰랐다. 이름 모를 이 마음을 위해 죽음을 생각하다가도 결국 길이길이 건강해지고 오래오래 살고 싶어졌다. 아이와 함께.

아가야. 삶은 나에게 이미 익숙해진 것이었는데 갑자기 새로운 생을 살게 하는 네가 나는 두려우면서도 기쁘다. 나도 너와 함께 세상에 엄마로 다시 태어났으니 나에게 주어진 두 번째 생을 너처럼 힘껏 먹고 자지러지게 울며 열심히 살아보려 한다. 내가 너를 태어나게 했으니 내가 너를 살아가게 해야 한다. 내가 엄마가 되었음을, 내가 엄마 되기를 선택했음을 잊지 말아야 한다. 이것은 분명 회피할 수 없는 책임이고 나의 몫이다. 그러니 죽을 만큼 힘들어도 죽어서는 안 된다는 것을 안다. 숨을 몰아쉬고 "그래" 내뱉고 다시 마음먹어야 한다.

앞으로 우린 같이 자랄 것이고 함께 기쁠 것이며 서로 슬플 것이다. 우리 앞에 여러 가지인 나날들이 기다리고 있을 것이다. 뭐든 겪고 어떻게든 하며 생을 보내자. 그렇게 기꺼이 엄마와 딸이, 부모와 자식이 되어보자.

너를 낳고 죽고 싶다 생각했던 밤들은 살아냈던 밤이기도 했다. 멈춘 것처럼 느껴졌던 시간은 온진히 너에게만 집중한 시간이기도 했다. 그 밤과 시간을 거쳐 네가 자라났고, 앞으로도 네가 자라야 할 시간은 그보다 훨씬 길다. 그러므로 죽음은 나에게 가장 먼 일이 되었다. 네가 있으니 그렇다. 결국 너는 나를 살게 하는 존재다.

이제 나는 아이를 낳고 살고 싶어졌다. 아주 잘 살고 싶어졌다.

우선시되고 중요한 것은
언제나 작은 것들이다

저출산 정책에 '진짜' 필요한 것

이야기로 우리가 세상을 바꿀 수 있다면,

인생도 바꿀 수 있지 않겠어?

《이토록 평범한 미래》, 김연수

출산하고 보니 아이를 '왜 낳는지'보다 '왜 안 낳으려고 하는지'를 더 잘 알겠다는 건 참 아이러니하다. 육아의 열 가지 고됨이 아이의 한 가지 미소로 날아가 버릴 때도 있지만 아이가 주는 열 가지 행복이 단 한 가지 결정적 이유로 불행처럼 느껴지곤 한다. 내 집 마련은 까마득하고, 사교육비는 엄청나고, 경력단절과 독박육아는 하나만으로도 충분히 절망스럽기 때문이다.

현행법상 일반 노동자의 육아휴직 기간은 최대 1년이다. (2023년 정부는 1년 6개월로 확대할 것이란 계획을 발표했고 이후 구체적인 시행령이 나오지는 않았다.) 대기업은 법정 휴직 기간 1년에 사내 제도 1년을 통해 최대 2년까지 가능하고, 공무원이나 교원의 경우는 국가공무원법에 따라 3년 이내로 육아휴직이 보장된다. 그리고 중소기업 종사자와 자영업자, 특수형태 근로자와 예술인, 프리랜서들을 위한 제도는 여전히 확대 시행 예정이다. 하지만 제도상 보장이 되어 있든 안 되어 있든 중요한 건 '실상'이다.

이미 우리나라의 육아휴직제도는 OECD 국가 중 높은 수준이라는 평가를 받고 있지만 출산율은 가장 낮다. 육아휴직 기간을 늘리는 제도가 아니라 쓸 수 있는 제도가 필요하다. 정부는 육아휴직 기간을 늘리는 것이 방안이라고 생각하지만, 당사자들은 오히려 충분한 제도가 있어도 쓰지 못하는 현실에 좌절할 뿐이다. 왜 못 쓰는지 들여다보고 고민해야 한다. 제도가 아니라 제재가 필요한 일이고 개편보다 개선이 우선돼야 하는 일이다. 단순히 휴직 기간과 단발성 지원금을 늘린다고 애를 낳지는 않을 거라는 건 모두가 다 알고 있다. 정부만 빼고.

대기업에 다니는 친구는 2년까지 육아휴직을 쓸 수는 있으나 현재 자기 팀에 두 명의 다른 여직원이 임신 중이고 내년에 둘 다 휴직 예정이라서 자기까지 임신할 수 없는 상황이라고 했다. 자녀 계획이 부부의 의지와 결심에 의한 것이 아닌 직장 동료의 임신 여부에 따라 결정되어야 하는 상황인 거다. 회사원들은 아이를 낳으려면 모여서 '김 과장이 올해 둘째 낳고, 이 대리가 내년에 첫째 낳아' 하고 순서를 정해야 하는 걸까.

    몇 년 전 내가 일했던 작은 규모의 학원은 정직원 여자 강사가 세 명이었다. 원장은 15개월 된 아이를 키우고 있었고 부원장은 임신을 했고 나머지 강사는 임신 준비 중이었다. 원장은 어린아이를 키우며 일하느라 항상 시간에 쫓겼다. 아이는 수시로 아팠고 변수가 많은 상황에서 자주 피치 못할 사정들이 생겼다. 늦고, 반차를 쓰고, 휴가를 내야 하는 상황이 많아졌다. 부원장은 임신으로 인한 입덧과 두통 여러 증세로 역시나 늦은 출근과 이른 퇴근, 반차와 휴가가 필요했다. 이 두 선배의 상황 앞에서 임신 준비 중인 나머지 강사는 두 명의 부재를 메꾸고 자신의 미래 상황을 미리 지켜보며 한숨을 쉬어야 했다. 누구도 죄가 없다. 한창 일할 때인 삼십 대 초중반의 시기와 노산이 되기 전에 아이를 낳고 싶어 하는 마음, 출산한 여성과 임신한 여성, 임신할 여성이 고군분투해야 하는 상황이 죄라면 죄일 뿐이다.

　매년 줄어드는 출산율 통계와 그에 따른 대책 마련 촉구에 따라 정부의 방안은 발표되고 있지만 그래서 그 대책은 정말 임신과 출산, 육아를 대처하고 대응할 수 있는 방법일까? 정부가 발표한 저출산 고령사회 기본 계획안을 보니 출산 일시금 지급, 영아 수당과 휴직급여, 지원금 증액 등 여러 문장이 많았지만 한 글자로 줄이면 결국 모두 '돈'이었다. 역시나 정부는 이번에도 고심 끝에 '투입'과 '지급'을 대안으로 내놓았다. 사실 문제 해결의 가장 손쉬운 방법 중 하나는 돈이다. 하지만 모든 문제가 다 돈으로만 해결되는 것도 아니다. 물론 그 지원금이 전혀 도움이 안 된다는 게 아니다. 임신, 출산, 육아에는 분명 비용이 든다. 하지만 힘은 더 들고 노력은 더 많이 들고 그러니까 그에 맞는 '진짜 대책'이 필요한 것이다.

　내가 임신을 계획했을 때 돈보다 더 걱정이었던 건 '돈을 못 벌게 될까 봐'였다. 아마 거의 모든 여성들에게 경력단절은 돈보다 더 무섭고 두려운 일일 것이다. 예산만 증액한다고 나아질 저출산 정책이었다면 늘어난 예산만큼 출산율도 올라야 할 거 아닌가.

　또한 단순히 육아휴직 기간을 확대하는 것보다 중요한 건,

단 몇 달이라도 육아휴직을 맘 편히 손쉽게 쓸 수 있도록 절차를 간소화하고 문화를 만드는 것이다. 하나의 문화를 정착시키는 데는 많은 시간이 드는 일이므로 그것을 앞당길 수 있는 의무적인 조치도 함께 필요하다.

임신 열 달과 출산, 육아의 시간을 겪어보니 실현 가능성을 떠나 이런저런 생각이 들었다. 독박육아를 할 수밖에 없는 환경에서 아이가 또래 친구들을 만날 기회와 엄마가 밖에서 비슷한 개월 수의 아이를 키우는 다른 엄마를 만날 기회는 공식적으로 영유아 프로그램이 있는 문화센터나 어린이집 정도밖에 없는데, 그럴 게 아니라 지역 주민센터나 기관마다 아이를 키우는 부모를 위한 교육 프로그램과 커뮤니티가 있어서 부모가 모여 서로 정보를 나누고 이야기할 수 있는 자리가 마련되면 좋겠다고. 동네와 옆집에 내 아이와 비슷한 아이를 키우는 누군가가 있고 그 사람과 알고 지낸다는 건 큰 힘이 되기 때문이다.

아이를 키우다 모르는 것이 있으면 '맘카페' 검색을 자주 하게 되는데 맘카페가 아니라 그냥 카페에서 선배 엄마들과 후배 엄마들이 만나 진짜 경험담을 전해줄 수 있는 기회가 만들어졌으면 좋겠다.

경력단절 여성들이 좀 더 쉽게 일을 구하고 이어갈 수 있도록 경력단절 여성을 위한 전문 구직사이트가 생겨 비슷한 직종의 사람들과 경력자들이 서로가 서로의 자리를 채워 일할 기회가 생겨나면 어떨까. 단순히 돈을 지급하는 것만큼이나 필요한 건 돈을 벌 수 있는 기회와 일자리다. 출산 후에도 아이를 갖기 전에 쌓았던 경력이 다시 빛을 발하고 나의 쓸모와 능력이 인정받게 되는 것. 그것이 아이도 잘 키우고 일도 잘하고 싶은 모든 엄마들의 바람일 것이다.

　육아를 위해 일을 멈춘 시간이 쓸모없었고 아무것도 하지 않았던 시간으로 여겨지는 게 아니라 아이를 돌보는 경험을 한 것이 얼마나 인간에 대한 넓은 이해와 다양한 경험을 쌓게 하는지를 인정하고, 의미 있는 경험은 새로운 일이나 여행뿐만이 아니라 육아도 포함되며, 이것이 얼마나 다른 노동만큼이나 가치 있고 쓸모 있는 일인지를 모두가 공감하게 되었으면 좋겠다. 육아를 하는 시간은 일을 안 하는 시간이 아니라 '육아'라는 일을 하는 시간이다.

　그래서 나는 대통령 직속 저출산 고령사회 위원회와 출산 정책 담당자가 매년 방안을 발표하기 전 산후우울증을 겪고 있는 산모와 독박육아를 하고 있는 엄마, 경력단절이 된 여성과 임신을 계획하고 있거나 육아를 하고 있는 부부를 만나 따뜻한 차 한 잔 마시며 냉철한 여러 이야기를 적나라하게 나눴으면 좋겠다. 그것이 출산율 통계와 통계청의 육아휴직자 추이, 여성 고용률과 같은 숫자들만 들여다보며 계획을 세우는 것보다 대책 마련에 훨씬 도움이 될 것이라 믿는다.

모든 제도와 시스템에 우선시되어야 하고 가장 중요한 것은 언제나 작은 것들이다. 위에서부터 내려오는 혜택이 거르고 걸러져 맨 아래에 있는 사람들에게 가닿지 못하고 맨 아래에 있는 사람들의 외침이 위로 올라갈수록 막히고 막혀 들리지 않는다면, 누군가는 희망을 잃고 절망 속에 지쳐갈 수밖에 없다. 작은 것들을 위한 큰 목소리가 필요한 이유다.

임신, 출산, 육아뿐만 아니라 이 땅의 모든 제도와 대책들이 그럴 것이다. 자문위원들에게 계획을 세우고 대안을 마련하라는 것도 좋지만, 실제 그 상황을 겪고 있는 당사자들과 사각지대에 놓여 혜택을 받을 수 없는 사람들의 이야기를 우선순위로 듣는다면 제도의 실효성은 넓어지고 높아질 것이다. 나 역시 출산 후 독박육아와 경력단절, 산후우울증을 겪은 여성이니 불러준다면 언제든 남편에게 아이를 맡기고 나갈 준비가 되어 있다.

말하지 못하고 기록되지 못한 시간들은

결국 아무것도 아닌 게 되어버린다.

영영 이해받지 못하고 나아가지 못한 채 반복된다.

여성이 겪는 임신과 출산과 육아가

개인의 영역으로 끝나지 않기를 바란다.

고통을 위한 이 기록이 누군가의 고통을

덜어주기를 간절히 바란다.

―――――――――――

경력 단절되는 소리

나도 내 새끼도 잘 돌보고 싶다

내게 가장 무서운 건
쓸모없는 존재라는 느낌이다.

실비아 플라스

대학교 졸업 후부터 지금까지 10년 넘게 아나운서로 일해왔다. 온갖 종류의 아르바이트를 하며 차비부터 아나운서 아카데미 비용까지 마련했고, 서울부터 제주까지 전국을 돌며 수백 장의 이력서를 쓰고 수십 번의 면접을 봤다. 사내 아나운서로 시작해 케이블 방송국을 거쳐 지상파에 입성하기까지 카메라 앞에서의 수많은 NG와 자책이 있었다.

꿈 많은 지망생에서 어설픈 초짜배기 방송인을 거쳐 베테랑 아나운서가 되기까지 다 셀 수도 없는 '피 땀 눈물'이 있었다. 아나운서라는 내 꿈을 위해 면접에 떨어져도 다시 이력서를 쓰고 피디에게 욕을 먹어도 다시 연습했다. 온에어 불이 켜지면 벌벌 떨던 나는 이제 카메라 앞에서 제일 힘차고 자신감 넘치고 능수능란하다. 20대의 '다시'는 쌓이고 쌓여 30대의 '실력'이 되었다.

그렇게 쌓아온 나의 경력이 멈춘 건 임신 중기 배가 불러오면서였다. 초기에는 입덧을 참고 쏟아지는 잠을 이기고 두통을 참아가며 일할 수 있었지만, 점점 불러오는 배와 불어나는 체중으로는 일하기가 힘들었다. 체력적인 이유도 있었지만, 남들 앞에서 마이크를 잡고 카메라 앞에 서고 보여지는 일을 하는 아나운서라는 직업의 특성상 사람들은 '배부른' 아나운서를 부담스러워했다. 나는 오히려 입덧이 심했던 초기보다 안정기여서 몸만 무거울 뿐 일은 더 잘 할 수 있는데 사람들은 배려와 부담 그 어디쯤에서 나에게 '안 되겠다' 말했다. 아이가 내 배 속에서 무럭무럭 자라는 만큼 차곡차곡 쌓아온 내 경력은 더이상 높아지지 않았다. 내 실력과 능력의 정점, 그 꼭대기에서 임신부는 무거운 배를 부여잡고 내려와야 했다.

그렇게 출산하고 본격적인 독박육아가 시작되었다. 거기에 코로나까지 겹쳐 일도 외출도 쉽지 않았다. 온종일 집 안에서 내 품에서 떨어질 줄 모르는 아이와 씨름하다 보니 우울증은 깊어져 갔다. 수백 명의 관객들 앞에서도 긴장하지 않던 내가 현관문을 여는 것 자체가 두려워졌다. 신생아 육아 앞에서는 아나운서, 작가, 선생님이라는 나의 경력은 다 쓸모없었다. 카메라 앞에서 뉴스를 하고 프로그램을 진행했던 날들은 과거가 아니라 전생이 된 것 같았다. 난 이제 엄마로 다시 태어나 아나운서였던 내가 낯설다. 그건 한낱 꿈이었던 것 같다.

몸도 맘도 일도 임신 전의 상태로 회복하지 못할까 봐 매일 밤 울었다. 모든 것이 원망스러웠다. 돌아갈 자리가 보장되지 않은 프리랜서라는 신분, 보이는 일이라는 이유로 어느 순간부터 외모와 나이가 무기가 되어버린 아나운서라는 직업, 힘든 줄 알았지만 이렇게까지 고통스럽고 혼란스러울 줄 몰랐던 육아, 누구도 예측하지 못했던 바이러스까지. 나는 어떡해야 하지? 내 슬픔은 깊고 막막했다.

임신은 내 몸을 다 뒤바꿔놓았고, 출산은 날 엄마로 만들었고, 육아는 몇 달 혹은 1, 2년으로 끝나는 게 아니니까. 이 모든 변화와 기약 없는 육아 앞에서 내 경력은 단절될 수밖에 없었다. 이 공백은 내가 일을 자발적으로 그만뒀기 때문도, 내 능력이 모자라기 때문도 아닌데 억울했다. 그 어쩔 수 없음이 너무나 허망했고 원망스러웠다. 일이 내 삶의 전부는 아니지만, 육아가 내 삶의 전부가 될까 봐 엄마가 된 내가 자꾸만 엄마가 되기 전의 나를 그리워했다.

얼마나 많은 여성들이 출산과 아이로 인해 생의 단절을 겪어야 했을까. 새로 태어난 한 생명이 여성이라는 한 존재의 삶의 흐름을 막게 될 수밖에 없는 이 구조는 왜 나아지지 않을까. 임신도 출산도 육아도 포기도 희생도 결국 하나의 성性이 온전히 떠안을 수밖에 없는 이 쏠림은 평평해지기는 할까. 가능은 한 걸까. 간접적으로는 절반도 알 수 없는 영역이라 그런 걸까.

청춘 바쳐 기를 쓰고 쌓아온 경력인데, 나는 이 경력을 단절하지 않고 길게 이어가고 싶다. 뭐든 쌓이는 건 어렵고 무너지는 건 순식간이라지만, 엄마가 되었다는 이유 하나만으로 공들여 쌓은 '경력탑'을 무너뜨리고 싶진 않다. 엄마 위에 다시 차곡차곡 잘 포개어 얹고 싶다.

세상과 단절하려고 낳은 애가 아니다. 더 넓게 이어가라고 나에게 온 생명일 것이다. 일만 하지 않고 육아만도 하지 않고 나를 위해 일하고 아이를 위해 육아하며, 나도 내 새끼도 잘 돌보고 싶다.

젖은 물리기만 하면 되는 게 아니다

출산의 고됨은 줄어들 줄 모르고

젖뿐만이 아니라 꿀도 줄 수 있는 엄마는

자기 자신에 대한 당당한 사랑과

중심을 놓치지 않는 엄마다.

《야성의 사랑학》, 목수정

생각해보니 참 무식하게 아이를 낳았던 것 같다. 임신 때는 오직 아이를 '낳는 것'에만 온 관심이 쏠려 있었다. 자연분만이냐 제왕절개냐. 진통은 얼마나 오래 하고 아플까. 무통 주사가 끝나면 어떤 통증이 몰려올까. 출산 후에 있을 변화와 고통은 생각지도 못한 채 낳기만 하면 되는 줄 알았다. 삶의 많은 과정들이 그렇지 않은가. 대학'만' 가면 되는 줄 알았고 취업'만' 하면 되는 줄 알아서, 된 이후의 시간은 언제나 서툴고 후회스럽다. 나도 아이'만' 낳으면 병원과 조리원에서 어떻게든 회복되고 도움받고 적응되겠지 생각했다.

주변에서도 출산 얘기만 엄청나게 들었다. 누구는 진통을 열여섯 시간 했고, 누구는 골반도 작은데 두 시간 만에 낳았고, 누구는 유도분만에 실패에 응급 제왕수술을 했고, 누구는 무통 주사를 몇 통을 맞았고, 그런 얘기들만 차고 넘쳤다. 불행인지 다행인지 내 주변에는 아무도 '젖몸살'에 대해서 '모유 수유'라는 그 엄청난 행위에 대해서 적나라하게 말해주는 사람은 없었다. 그저 '아프지'와 '힘들지'로 뭉뚱그리는 말들은 어떻게 아픈지 얼마만큼 힘든지 알 수 없는 말이다. 나는 내 젖에 너무 무지한 상태로 출산했다.

아이를 낳은 여자의 몸은 너무도 정확하고 성실하게 엄마가 된다. 수술하고 사흘째 되던 날 살면서 처음 겪어보는 그 끔찍했던 '젖몸살'을 선명하게 기억한다. 무통 주사에 의지한 채 겨우 잠든 새벽 갑자기 가슴이 엄청나게 팽창된 채로 딱딱해져 뜨겁게 열이 올랐다. "악" 소리를 지르며 잠에서 깼다. 그 어떤 끔찍한 단어로도 표현할 수 없는 낯설고 극심한 통증이었다. 양쪽 가슴이 아리고 욱신거리고 화끈거리는 증세는 점점 심해져 사지가 떨리기 시작했다. 공기만 스쳐도 아플 정도였다. 새벽 3시 반 다 죽어가는 목소리로 천장에 대고 "나 가슴이 너무 아파… 너무 아파…" 만 겨우 외쳤다. 몸을 조금이라도 움직이면 가슴이 무참하게 아파 왔으므로 그때 내 몸에서 움직일 수 있는 건 오직 입술뿐이었다.

옆에서 당황한 남편은 어찌할 줄을 몰랐고 그 새벽녘에 할 수 있는 건 간호사실에 전화해 진통제를 놔달라 하는 것뿐이었다. 동이 트는 동안 내 젖은 가슴을 가득 채우고 겨드랑이까지 차올랐다. 나는 제왕절개를 하고 24시간 넘게 물도 한 모금 먹지 못했고 식물인간처럼 누워만 있었는데 나의 몸은 이제 엄마가 됐다며 보채는 것 같았다.

다음 날 아침 병원에 있는 마사지실에 부랴부랴 달려가 유선을 뚫어주는 마사지를 받았다. 젖은 도는데 유선이 막혀 있어 나오질 못해 젖몸살이 온 것이다. 그 가슴 마사지의 고통은 또 어떤 문장으로 표현할 수 있을까. 마치 딱딱하게 피멍 든 내 가슴을 누가 손으로 계속 짓이기는 느낌이라고나 할까. 누군가는 저세상을 다녀왔다 하고 누군가는 두 번째 산통을 겪었다고 했다. 이 줄어들지 않는 고통과 통증, 괴로움과 고단들. 아이를 낳으면 끝날 줄 알았던 출산의 고됨은 줄어들 줄 모르고 젖몸살로 커지고 퍼져 나를 뒤덮었다.

하지만 그건 시작에 불과했다. 세 시간마다 차오르는 젖,

시도 때도 없이 찾아오는 유방 울혈, 유축과 수유의 무한 반복. 아이를 먹이기 위해 엄마가 감내해야 하는 것들은 끝이 없었다. 산모가 된 건지 젖소가 된 건지, 엄마가 된 건지 엉망이 된 건지 자꾸만 헷갈렸다.

나는 궁금했다. 기존에 보이고 그려졌던 모유 수유의 모습은 왜 이리 평온하고 신성한가. 엄마가 한쪽 팔로 아이를 번쩍 안고 상의를 걷어 올려 젖을 물리면 아이는 편안하게 엄마의 젖을 빨다 새근새근 잠이 든다. 이 고결하고 거룩한 수유의 모습은 정말 가능한가.

나는 경험했다. 아이가 젖을 달라 온몸으로 울어재끼면 당황한 나는 부랴부랴 수유 쿠션을 찾아 허리춤에 차고 옷 단추를 푼다. 쿠션 위에 아이를 눕히면 내 가슴과 아이의 입 높이가 맞지 않아 수건을 둘둘 말아 아이 머리에 받치고, 아이의 자세를 편안하게 맞추기 위해 등 쪽에도 수건을 대주어야 한다. 모유가 새기도 하니까 손수건도 아이 턱 주변으로 둘러놓고 그러는 동안 아이는 배고프다며 끊임없이 운다. '허둥지둥'과 '허겁지겁'을 반복한 후 아이가 젖을 빨기 시작하면 보통 한쪽 가슴에 15분씩 30분을 최대한 움직이지 않고 물려야 한다. 내 어깨와 등은 아이 쪽으로 점점 굽고, 허리는 아파 오고, 수술 부위의 통증은 아이의 무게와 수유 쿠션에 눌려 심해지고, 부기가 덜 빠진 두 다리는 발가락까지 퉁퉁 부어온다. 온몸이 뻐근하고 힘겹다.

내 젖을 물고 있는 아이를 바라보며 미소 짓고 뿌듯한 게아니라 팔과 다리, 어깨와 허리, 가슴까지 고통스러워 시계만바라본다. 수유를 해야 할 때마다 두렵고 힘들었다. 산모가된 나는 세 시간마다 그런 고통을 반복해야 했다. 아이도 엄마 젖을 빨기 위해 얼굴이 시뻘게지고 이마와 머리에 땀이 흥건했다. 엄마도 아이도 살기 위해 죽을힘을 다해야 하는 것이다. 그것이 바로 '현실 모유 수유'였다.

실제로 산후조리원에서 산모들이 가장 두려워하는 건 '수유콜'이다. 이런 고통과 과정을 매번 반복해야 하니 수유할시간이 되었다며 아이가 배고파 운다고 반복해 걸려오는 전화 한 통은 공포 그 자체가 된다. 조리원 천국에서 내 새끼 젖물리는 일은 지옥 같았다. 나 역시 극심한 산후통으로 도저히수유할 기력이 없어 며칠 동안 수유콜을 받지 않겠다고 말했다. 출산 후 산모의 몸 상태와 회복 속도에 따라 아무것도 하지 않고 충분히 쉬어야 하는 시간은 반드시 필요하다.

사실 수유콜을 받지 않는다고 마냥 쉴 수도 없다. 젖은 계속 차오르니까. 유축을 수유처럼 해야 한다. 그렇지 않으면 젖몸살은 더 극심해지기 때문이다. 나도 직접 물리지만 않았을 뿐 잘 걷지도 못하는 몸 상태와 푹 자고 싶은 새벽에도 상관없이 일어나 세 시간마다 열심히 짜내어 신생아실에 갖다주었다.

나도 아이를 낳기 전엔 생각했다. 모유는 절로 나오고 아이는 엄마 젖을 덥석 물고 그렇게 모성애는 깊어질 거라고. 그러나 모유는 유선이 뚫려 있어야 나오고, 아이는 젖 무는 법을 잘 몰라 거부하거나 꼭지만 씹거나 혹은 너무 세게 빨아 유두에 피가 나기도 한다. 모든 엄마들의 가슴 사정은 다 다르고 아이의 상태도 다 다르다. 그냥 물려서 될 일이라면 수많은 산모들이 젖 물리는 방법과 수유 자세, 모유 양과 수유 텀 앞에서 왜 그리 당황하고 좌절할 수밖에 없을까.

몸살은 누구나 겪지만 젖몸살은 산모만 겪는 일이다. 몸살에 '젖'이라는 한 글자만 붙어 있을 뿐인데 그 고통은 모든 글자를 갖다 붙여 써도 모자라다. 모유 수유가 아름답고 신성하다고 말할 수 있는 건 아마도 엄마를 제외한 모든 이들이 아닐까.

쇼쇼 작가의 《아기 낳는 만화》에 보면 젖몸살과 모유 수유의 경험을 이렇게 표현한다.

'젖몸살은 임신 출산의 최고의 고비였다. 출산하면서도 울지는 않았는데 젖몸살로 오열했다.'

'임신과 출산은 내가 동물이었음을 오롯이 느끼게 하는 경험인 것 같다.'

'엄마의 젖'보다 먼저인 것은 '엄마'다. 가장 중요한 것은 아프지 않은 엄마가 건강하게 아이를 기르는 것이다. 세상 모든 산모들이 아이보다 자신의 몸을 먼저 돌보기를. 그래야 엄마는 잘 회복할 수 있고 아이는 잘 성장할 수 있다.

다정함과 이해, 어떤 것을 견딜 수 있는 힘은 체력에서 나온다는 것을 잊지 말아야 한다.

아이가 태어난 후, 새 생명에 대한

환희와 함께 만신창이가 된 내 몸뚱이,

부모라는 이름의 엄청난 책임감,

난생처음 해보는 황망한 육아,

이름 모를 감정들이 쏟아져 할 수 있는 건

함부로 우는 것뿐이었다. 나는 엄마가 되었다.

———————

출산 후 '완벽 몸매'

우리가 경계해야 할 것들

———————————

우리에겐 숭배와 혐오,

오직 이 두 가지 선택지만 있는 것이 아니다.

숭배와 혐오 중 덜 나쁜 한 가지를 고를 필요도 없다.

우리 스스로, 내 몸의 제대로 된 주권자가 되기 위해

끊임없이 의심하고 과감하게 'Let it go'를 외쳐보자.

《당신이 숭배하든 혐오하든》, 김명희

또 한 명의 여자 방송인이 출산 한 달 만에 복귀했다. '날씬 몸매'로. 이전에도 비슷한 기사 제목들을 종종 보곤 했다. '○○○ 출산 후에도 완벽 몸매로 복귀', '○○○ 출산 후 날씬한 몸매 유지'.

나는 이 한 줄의 헤드라인에서 누군가의 불안과 걱정, 고통과 노력이 보인다. 대단하고 짠하다. 속상하고 화가 난다. 오만 가지 생각이 밀려와 기사 하나를 읽었을 뿐인데 감정이 요동친다. 출산 후 오랜 시간 동안 몸도 마음도 복귀하지 못했던 나는 영영 아이를 낳기 전의 상태로 돌아가지 못할 것 같아 허탈하고 서러웠다. 자주 눈물 흘렸다.

우선 그 기사의 당사자를 생각한다. 보여지는 직업이라는 방송인의 특성과 공백이 생기면 다른 누군가로 대체할 수밖에 없는 방송의 특성이 아이를 낳고도 최대한 빨리 이전과 같은 모습으로 나타나야 한다는 압박을 만들었을 것이다. 그 강박은 당사자에게 길게는 열 시간이 넘는 산통을 겪거나 개복을 하는 대수술을 하고도 몸의 휴식과 회복보다 살 빼기를 먼저 하게 한다. 그렇게 산후조리는 다이어트가 되어버린다. 온갖 수단과 방법을 동원해 이전과 같은 모습으로 돌아가기 위해 피나는 노력을 했을 것이다. 산후 한 달은 일의 복귀가 아니라 건강이 회복되도록 잘 먹고 최대한 아무것도 하지 않고 쉬어야 하는 시기라는 걸 모두가 알고 있는데도 말이다.

프리랜서 아나운서인 나도 그랬다. 임신 기간 중 총 18㎏이 쪘는데 아이를 낳고 빠지지 않으면 어떡하나, 그럼 사람들 앞에서 마이크를 잡아야 하는 예전의 일들을 못 할 것 같은데, 나보다 어리고 예쁘고 날씬한 프리랜서 아나운서들은 너무나 많은데…. 걱정과 염려가 가득했다. 선택받아야 하는 프리랜서 아나운서에게는 이미지도 중요한 요소였으니까. 늘어나는 몸무게 앞에서 나의 경력과 실력은 소용이 없었다. 출산 가방을 쌀 때도 제일 먼저 챙겼던 건 압박스타킹도 손목 보호대도 아닌 노트북이었다. 프리랜서에게 업무 제안 연락에 늦은 답변과 거절은 일의 단절로 이어지곤 하니까. 조리원에서도 카톡과 메일을 빠르게 확인해야 했다.

나도 아이를 낳고 하루라도 빨리 일을 시작하는 것이 회복하는 것이라 믿었다. 몸보다 몸매를 더 생각했다. 낳았다고 나은 게 아닌데 산모인 걸 잊고 나를 재촉했었다. 임신과 출산을 겪어보니 국가는 산모를 원하고 사회는 여성을 원하는 듯했다.

다음으로 그 기사를 읽을 수많은 산모를 생각한다. 기사 속 늘씬한 몸매로 환하게 웃고 있는 방송인의 사진을 보며 모든 산모는 자괴감을 느낄 것이다. 나는 아이를 낳고 어땠더라…. 출산 직후 3.2kg의 아이가 배 속에서 양수와 분비물과 함께 나왔는데 왜 배는 들어가지 않는지. 아이 낳고 한 달이면 모유 수유로 가슴은 처지고, 부기도 여전하고, 머리조차 감을 시간도 없는 끝임없는 육아의 연속이었는데. 산후통과 젖몸살과 넘쳐나는 피로로 먹고 씻고 자는 기본적인 것조차 제대로 할 수 없었던 시간이었는데. 누구는 아이를 낳고 한 달 안에 10kg을 넘게 감량하고 아이를 낳기 전과 같은 모습으로 예쁜 원피스를 입고 메이크업을 하고 환하게 웃고 있다. 나는 뭐지? 나만 이런가? 똑같이 아이를 낳아도 아줌마는 나만 된 것 같은 마음이 든다.

출산 한 달. 나 역시나 심한 유선염으로 가슴 통증이 너무 심해 밤마다 내 가슴을 도려내고 싶었다. 새벽마다 식탁에 기대어 젖을 짜내며 눈물도 짜내야 했다. 복귀는커녕 회복도 안 된 몸으로 신생아를 돌보느라 산후우울증만 커져가는 날이었다. 모두가 삶을 살고 있는 것 같아도 나의 시간이 침울하게 흐를 때 나는 살고 있는 게 아니다. 그때의 삶은 절망 속에 멈춰 있는 것이다. 산후 백일 가까이 내 삶이 그랬던 것 같다.

2018년 영국의 왕세자비 케이트 미들턴이 셋째 아이를 출산하고 일곱 시간 만에 신생아를 안고 포토라인에 섰다. 무릎이 보이는 빨간색 원피스에 7cm의 하이힐을 신고 숍에서 막 나온 듯한 헤어스타일과 풀 메이크업을 하고 말이다. 이후 SNS에는 '출산 7시간 후: 케이트 vs 나'라는 제목과 함께 출산한 여성들이 게시물을 올리기 시작했다. 병원 침대 위에 누워 팅팅 부은 채 주삿바늘을 꽂고 있는 모습을 찍어 케이트의 모습과 비교하면서 진짜 산후 일곱 시간의 실체를 말했다.

　방송과 언론에서 케이트 미들턴의 출산 직후 부기 없고 변함없는 완벽한 미모를 감탄하는 기사를 쏟아낼 때, 다른 산모들은 산후 일곱 시간 만에 7cm의 하이힐을 신은 왕세자비의 모습을 보고 경악할 수밖에 없었을 것이다. 현실은 만신창이가 된 모습으로 아이를 안을 기운조차 없는 산모들이 대부분이기 때문이다. 아무리 왕실가라는 특수성을 감안한다 하더라도 이상화된 출산 후의 모습을 그리는 기사들은 잘못된 기준이 되어 현실 속 산모들을 좌절시킨다. 비정상이 정상인 것처럼 자꾸만 보여질 때 정상이 비정상이 될 수 있다. 우리는 그것을 항상 경계해야 한다.

　생각해보니 그 시간에 제왕절개를 한 나는 소변줄을 차고 침대에 가만히 누워만 있었다. 배 위에는 오로가 빠져나가게 하기 위해 묵직한 모래주머니가 올려져 있었고 다리에는 심한 부기로 압박스타킹이 신겨져 있었다. 내가 할 수 있는 건 세수도 메이크업도 아닌 눈만 깜빡이는 일이었다.

　D라인은 아름답기 전에 골반을 누르고, 몸매는 임신과 출산 뒤에 튼살과 수술 자국을 남긴다. 드라마 속 입덧은 짧고 우아하고 모유 수유는 아름답고 신성하며 출산은 신비롭고

대단하지만, 현실 속 입덧은 길고 추하고 모유 수유는 고통스럽고 힘들며 출산은 두렵고 끔찍하다.

어떠한 것을 말할 때 좋은 것만을 강조하는 건 일종의 속임수다. 장단長短을 함께 이야기할 때 이해의 폭은 커진다. 생에 흑과 백, 명과 암, 모와 도는 공존하고, 너와 나, 우리는 모두 그것들을 잘 포용해야 한다.

완벽하고 변함없다는 형용사는 '출산'이라는 명사와 바로 붙지 않았으면 좋겠다. 그사이 충분한 시간과 회복이 있어야 완성되는 문장이기 때문이다. 어떤 문장은 완성되기까지 오랜 시간이 걸린다.

'○○○ 출산, 충분한 휴식 후 건강한 모습으로 복귀'라는 헤드라인이 많아졌으면 좋겠다. 우리도 아이를 낳고 돌아온 누군가에게 이전과 똑같은 모습만을 원하지 않고, 엄마라는 새로운 역할을 시작하게 된 그 출발을 박수쳐주고 응원해줬으면 좋겠다.

출산 후 몸매 관리보다 중요한 건 멘탈 관리, 감량보다 먼저 해야 하는 건 회복이다. 변함없는 모습이 아닌 변화된 나를 받아들이며 건강해지기 위해 애쓰는 노력이 모두에게 필요하다.

아이가 있는 삶에
책과 고요와 쓰기

유축의 밤은 쓰기의 밤으로

―――――――――

원더풀 마이 라이프…… 북극이 계속 녹듯이

계속된 가사와 육아, 그 단단한 얼음덩이가

매일 덮칠지라도 절망하지 말 것

달이 몸속에 들어온 듯 환하고 느긋하게 살며

유인 우주선을 띄우듯 상상력을 띄워 더 많이 탐구하고

더 많은 것을 보고 더 많은 느낌을 기록할 것

생존의 알람 시계가 절박하게 울어도 꿰뚫고 갈 것

〈싱글 맘 ― 원더풀 마이 라이프〉, 신현림

우리 집은 작은 산 바로 앞 주택이다. 거실에서는 초록의
나무들이 가득 보이고, 문을 활짝 열어놓고 식탁에 앉아 있으

면 그날 가장 크게 우는 새소리가 선명하게 들린다. '숲 뷰'와 '자연의 소리 배경음악'이 좋아서 이사 온 집이었다.

남편과 나는 이 집의 전셋값 중 최소 1억은 이 '뷰 값'이라고 자주 말하곤 했다. 그 비싼 뷰를 맘껏 즐기기 위해 티브이 대신 6인용 긴 우드슬랩 테이블을 놓고 벽 한쪽을 책장으로 채워 나름 서재처럼 거실을 꾸몄다. 그 테이블 위에서 밥도 먹고 커피도 마시고 책도 보고 글도 썼다. 가만히 앉아 생각도 하고 숲과 하늘 위에 얹어진 계절도 느끼며 살았다. 테이블은 나의 식탁이자 카페, 작업실이자 놀이터였다. 내가 가장 좋아하는 나무였다.

출산 후 그 위엔 유축기와 젖병이 놓였다. 그 위에서 커피도 마실 수 없었고 책도 볼 수 없었고 당연히 글도 쓸 수 없었다. 이 위에서는 딱 두 가지만 할 수 있었다. '먹고 짜고' 오직 밥 먹고 유축하고, 밥 먹고 유축하고 반복할 뿐이었다. 테이블은 나의 식탁이자 거대한 유축기 받침대가 되었다. 내가 가장 슬퍼지는 나무였다.

많은 것들을 할 수 있었던 6인용 우드 테이블은 이제 집에서 가장 걸리적거리는 물건이 되었다. 자리를 너무 많이 차지하고 있었고 신생아를 키우는 공간 안에 혼자 너무 우아했다. 책장도 마찬가지였다. 아이가 태어난 후 몇 달이 지나고 우드

슬랩 테이블은 결국 당근마켓에 팔았고, 책장엔 책 대신 아이 용품들이 놓였다. 책장은 수납장이 되었다. 그리고 우리 집엔 새소리 대신 아이 울음소리가 하루도 빼놓지 않고 울려 퍼졌다. 아이는 언제나 가장 크게 지저귀는 새보다도 훨씬 세차게 울었다.

주방 한쪽에 놓았던 커피 머신 대신 젖병소독기가 놓였고, 신혼 때 샀던 드롱기 아이코나 빈티지 올리브 그린색 커피 포트 대신 분유 포트가 놓였다. 밤에 잠이 안 올 때나 책을 볼 때 잠깐씩 켜두었던 스탠드는 이제 새벽 어느 때라도 깨서 유축을 하고 아이의 상태를 살펴야 했으므로 밤새 켜져 있었다. 남편과 함께 입으려고 산 체크무늬 잠옷 대신 언제라도 가슴을 내놓을 수 있는 수유복을 입었고, 욕조가 없는 우리 집 화장실엔 거품용과 헹굼용 아이 욕조가 두 개가 생겼다. 수유쿠션과 역류방지 쿠션, 짱구 베개, 좁쌀 이불, 처음 들어보는 온갖 침구 용품이 필요했고 기저귀는 아무리 쌓아두어도 금세 없어졌으며 젖병은 매번 닦아도 또 닦아야 했다. 집에는 차분한 뉴에이지나 멋진 재즈 음악, 힙한 팝송 대신 타이니러브 모빌 음악 소리가 내내 울려 퍼졌다. 모두 아이를 위한 것, 아이만을 위한 모든 것이었다.

60cm도 안 되는 작은 생명체 하나가 들어왔을 뿐인데, 집

안의 많은 것들은 없어지거나 생겨났고 나는 그것을 치우고 들여놓고 정리하느라 매일 정신이 없었다. 신혼 때 열심히 내 취향과 필요에 의해 정돈하고 가꾸었던 집 안의 풍경들은 야금야금 바뀌어 내 존재마저 사라지게 하는 것 같았다. 아이를 낳은 후 닥쳐온 나의 성질과 모양과 상태가 달라지는 이 모든 변화가 당연한 것임을 알면서도 한동안 나를 서글프게 했다. 나는 아이를 낳아도 여전히 나인데, 나를 포함한 내 주변의 모든 것들이 달라져 나도 맞춰 변해야 하는 걸까 두려웠다.

시간이 지나 길고 넓었던 6인용 테이블은 작고 좁은 2인용 식탁이 되었고 유축기도 사라졌다. 나는 이제 테이블에 앉아 밥도 먹고, 아이 밥도 먹이고, 드물고 힘들지만 조금씩 글도 쓰고 책도 볼 수 있게 되었다. 아이가 자라 통잠을 자게 되었고, 단유를 했고, 무엇보다 가슴에 가득 찼던 젖만큼이나 가슴 속에 울분과 상념도 쌓였기 때문이다. 젖을 짜내던 유축의 밤이 생각을 꺼내는 쓰기의 밤이 되자 조금 살 것 같았다. 내 삶에 책과 고요와 쓰기가 얼마나 그리웠는지 모른다.

아이를 재우며 드물게 같이 잠들지 않은 날에는 조용히 이불 속에서 빠져나와 식탁에 앉았다. 겨우 독서대를 올려놓고 겨우 몇 장의 책을 읽다 몇 줄의 문장을 쓰고 이내 다시 쓰러져 잠이 들었다. 그마저도 쓰고 싶은 욕구는 피곤을 이기지 못하고 자주 져버려 흔적을 남기지 못한 날들이 훨씬 많았다. 사라져버린 내 관념과 상념들이여. 다 치밀하게 기록됐다면 대작이 됐을지도 모를 말도 안 되는 기대여!

못 썼으니 하는 소리다. 작가에게 글쓰기란 얼마나 괴로운 일이며, 엄마에게 글쓰기란 얼마나 불가능한 일인가. 나는 지금 괴롭고 불가능한 그 일에 도전하고 있다.

그저 욕심을 부리고 싶은 게 있다면 다시 6인용 테이블까지는 아니어도 식탁은 식탁으로 두고 책과 독서대와 노트북은 따로 둘 수 있는 공간이 있었으면 좋겠다. 밥 먹을 때마다 독서대 바닥으로 내리고 노트북 치우지 않고 말이다. 쓰고 읽기 전 매번 무언가를 치우는 일이 먼저가 되지 않았으면. 그러니까 내 책상이, 글 쓰고 책 볼 수 있는 온전한 내 책상이 있었으면. 아니 내 방이, 완전히 고립될 수 있는 공간이 있었으면 좋겠다. 집 안에 집을 짓고 싶다. 울타리를 치고 문을 달고 내 시름 속으로 파고들고 싶다. 온전히 그것들에만 집중해서 다 써내려가고 싶다.

버지니아 울프가 왜 여자가 소설을 쓰려면 돈과 자기만의 방이 있어야 한다고 했는지 이제야 통감한다. 수많은 글 쓰는 엄마 작가들이 식탁을 작업대 삼아 눌어붙은 밥풀과 굳어버린 김칫국물을 바라보며 썼겠지. 아이가 잠든 밤 피곤을 억누르고 손가락으로 꾹꾹 생각도 눌러가며 흔적을 남겼겠지. 이제야 엄마가 된 내가 시차를 둔 그 밤들에 뒤늦은 위로를 보내고 싶다.

누군가는 아이가 있는 삶에 책과 고요와 쓰기란 사치라 말한다. 아이를 키우며 나를 지키는 삶은 욕심이라 말한다. 제대로 읽고 쓸 수 없어 괴로운 나에게 유별나다고 말한다. 하지만 나는 나를 버리려고 아이를 낳은 게 아니다. 아이와 함께 잘 살기 위해 읽고 쓰려는 것이다. 아이를 위해 사는 게 아니라 나를 위하며 살아가고 싶다. 그것이 아이를 위한 삶의 방식이 될 것이다.

출산 후 많은 것들이 변했고 바뀌었고 어려워졌지만, 이 변화를 잘 받아들이며 나를 지키기 위해 조금씩 읽고 쓰다 잠든다. 번거로워도 기꺼이 그릇을 치우고 독서대를 올리고 책을 편다. 엄마와 여성의 삶에 책과 고요와 쓰기를 위해 애쓴다.

워킹맘으로 산다는 것

잘하려고 하지 말고 '덜' 하려고 하자

자유의지를 잠들게 하라.
'해야 한다'는 이제 그만.

알베르 카뮈

출산 후 복직을 앞둔 동생이 워킹맘인 나에게 전화해 물었다.

"언니 육아만 하는 것도 이렇게나 힘든데 어떻게 일하면서 아이도 봐요? 언니는 어떻게 해요?"

질문 앞에 대답 대신 생각을 먼저 하게 됐다. 나는 어떻게 하고 있을까. 일과 육아를 병행하는 삶. 수많은 좌절과 시행 착오, 후회와 다짐 끝에 지금의 루틴과 마음을 다잡을 수 있었던 나는 이 과정을 거칠 세상 모든 워킹맘들에게 해주고 싶은 당부의 말을 고른다. 긴 대답을 쓴다. 나도 다시 한번 마음을 다잡는다.

충분한 육아휴직이 보장되지 않는 한 아이를 낳고 몸무게와 체력보다 먼저 돌아오는 건 '일'이다. '엄마'라는 새로운 존재가 되어 생활도 삶도 예전으로 돌아갈 수 없는 상태가 됐는데 회사는 예전처럼 돌아와 일을 하라고 한다. 아이는 너무 어리고 그렇다고 일을 안 할 수도 없고, 반가우면서도 불안한 마음이 든다. 나의 성장과 아이의 성장 중에 뭘 우선시해야 할지. 내 몸은 하나인데 두 개여도 모자랄 워킹맘의 삶이 두렵고 어렵다.

먼저 정확한 상황 파악과 인지가 필요하다. 세상엔 의지와 의욕만으로는 되지 않는 영역이 있는데 일과 육아를 병행하는 생활이 그렇다. 이 시기는 '생애 엄청난 노동'을 해내야 하는 때다. 그걸 먼저 알아야 한다. 회사와 집, 출근해야 할 곳이 두 곳이고 내 일과 집안일, 나와 아이를 끊임없이 챙기고 살펴야 하는 날들이다. 나의 부지런함과 치밀한 계획도 예측 불가능한 아이의 상태 앞에 소용없어져버리는 경우가 태반이다. 아이는 정도를 모르며 순서대로 하는 법이 없고 자주 아프다. 아이의 잘못이 아니라 모르고 여리고 취약하게 태어난 인간의 상태가 그렇게 만들 뿐이다.

그러니 '잘할 거예요'라는 응원 대신 '못할 테니 다 하려고 하지 마세요'라는 현실 조언을 먼저 건네고 싶다. 못한다는 건 당신의 능력이 부족해서가 아니라 혼돈의 특이 상황이 너무 많이 발생하기 때문이다.

워킹맘들이 낙심하지 않고 결심하길 바란다. 예전과 다를 거라는 결심. 그걸 받아들일 결심. 그 결심이 당신과 고된 삶 사이의 완충이 될 거라고 생각한다. 세상 거의 모든 워킹맘은 가사와 육아, 일까지 그 어느 때보다 가장 많은 일을 해내고 있는데도 항상 아이에게 미안하고 매번 직장에서도 죄송하다. 그들은 토로한다. "우리는 회사에서는 애 엄마고 집에서는 회사원이야."

다음으로 중요한 건 총합으로 보는 마인드다. 아이를 낳기 전에 우리는 내 일만 잘하면 됐다. 아이를 낳은 후엔 내 일만 할 수 없다. 출근 준비 전에 등원 준비, 퇴근 후엔 육아 출근. 그러니 나의 힘을 나누고 분산시킬 수밖에 없다. 그전엔 일하는데 10을 썼다면 이제는 일에 5, 육아에 5, 이렇게 나눗셈을 해야 한다. 각자의 기준으로 보면 일도 5가 모자라고 육아도 5가 모자란 게 되기 때문에 둘을 덧셈해서 10 '총합'으로 생각해야 한다. 설령 일4 육아3 가사1을 해서 2가 부족한 것 같아도 그렇게 생각하면 안 된다. 우린 이미 그 전에 12를 했던 거다. 엄마가 되기 직전까지 내가 일궈온 것들을 인정하자. 과거를 존중하고 현재를 받아들여야 한다. 나도 그걸 못해서 과거를 그리워하고 현재를 부정하기만 했다. 엄마가 된 내가 제일 힘들었던 건 엄마가 된 나를 받아들이는 일이었다.

무엇보다 우리에게는 각오가 필요하다. '일과 육아, 다 잘해내야지!'라는 각오가 절대 아닌 '일과 육아, 다 잘하려고 하지 말아야지!'라는 각오. 누구나 처음엔 일도 잘하고 싶고 아이도 잘 보고 싶은 의욕에 슈퍼우먼이 되어야 할 것 같은 마음이 든다.

하지만 의지로 되는 건 체력과 여건이 받쳐줄 때 가능하다. 우리는 힘과 환경을 꼭 만들어야 한다. 각종 영양제를 챙겨 먹는 일부터 아이를 맡길 수 있는 '구세주'를 확보하는 일까지. 이것이 복직을 앞두고 엄마가 해야 할 우선순위의 준비다. 그런데 처음엔 일도 잘하고 싶고 아이도 잘 보고 싶은 의욕에 슈퍼우먼이 되어야 할 것 같은 마음이 든다. 나도 그랬다. 그럴 땐 이 문장을 읽자.

'슈퍼우먼이 돼보려고 돈도 벌고 애도 보다가 평범한 인간임을 깨닫고 결국 사표를 낸다.'

〔한겨레프리즘〕슈퍼우먼은 없다, 황춘화 기자

우리는 일을 그만두지도 슈퍼우먼도 되지 말아야 한다. 아이도 일도 나도 소중하니까. 이제 우린 무한한 발전과 성장보다 유지와 지탱이 더 중요한 생의 시기가 됐다.

사실 엄마가 평범한 인간이라 사표를 낸다기보다 여성에게 너무 많이 쏠려 있는 돌봄의 기울기와 아이를 키우는 부모들이 선택할 수 있는 다양한 근무 형태의 부족, 더 넓은 보육 지원의 필요 등 많은 원인이 있다. 당장 바뀌는 데는 많은 변화와 시간이 필요한 일이므로 당장 할 수 있는 건 경험한 우리가 말하는 것이다. 엄마의 말은 귀하다. 수다부터 토론까지 많이 말해야 한다. 개선은 인지와 파악에서부터 시작되고 절대적인 증언들로 동력을 얻는다. 나도 없는 체력을 끌어모아 말하고 쓸 것이다. 내가 아끼는 동생이, 직장 후배가, 수많은 워킹맘들이 더 수월하게 일하고 아이 키울 수 있길 진심으로 바라기 때문이다.

나 또한 그 혼돈의 시간을 통과할 수 있었던 건 운동을 시작하고, 아이 반찬은 사 먹이고, 피곤하거나 해야 할 일이 많은 날에는 배달 음식 시켜 먹고, 주말에 남편에게 아이 맡기고 혼자 카페에 가서 두세 시간 커피 마시면서 책 보고 글 쓰면서였다. '포기'가 괜찮아지게 만들었다. 무질서 뒤엔 질서가 혼돈 뒤엔 안정이 왔다. 노력과 견딤과 시간이 만들어낸 거다. 이 경험을 통해 나는 알게 되었다. 대단하고 자랑스러운 건 슈퍼우먼이 아니라 평범한 인간이라고. 당신과 나, 세상 모든 엄마들이라고.

출산 후 우리의 몸으로 할 수 있는 일의 양은 예전과 달라졌다. 이제는 일을 하고 나면 일을 안 하는 시간이 반드시 필요하다. 일보다 쉼의 양이 조금 더 많아야 유지가 된다. 지금까지는 일을 더 잘하기 위해 노력했다면 일을 안 하기 위해 애쓰는 것도 필요해졌다.

적당한 엄마, 유연한 직장인, 나를 소모하지 않는 내가, 일도 잘하고 아이도 잘 볼 수 있는 진짜 슈퍼우먼이다.

엄마가 엄마라서 자꾸 우울해지지 않도록

우리 삶을 엄마로만 채우지 말자.

아이를 위한 육아서보다 나를 위한 누군가의

경험과 지혜의 글을 더 많이 읽자.

쉽지 않겠지만 아이에 밀려 엄마가 밀려나지

않기를. 이건 싸움이 아니니까. 엄마가 아이

때문에 쫓기거나, 아이가 엄마 때문에 몰리거나

하지 않도록 우리 함께 다짐하자. 그런 다짐이 결국

우리를 더 좋은 엄마로 만들어줄 거라 믿는다.

죽어도 죽지 않을게

아이가 태어나고 내가 다시 태어났다

흉터가 되라.

어떤 것을 살아 낸 것을

부끄러워하지 말라.

〈흉터〉, 네이이라 와히드
《마음챙김의 시》, 류시화 엮음 중에서

글을 쓰는 식탁 옆에 분유와 젖병이 있던 시간을 지나 블록과 뽀로로 장난감이 놓인 시기가 됐다. 아이를 키워본 부모들은 알 것이다. 이 문장이 뭘 말하는지. 갓 태어난 아이가 누워 있거나 안겨만 있는 신생아 시기를 지나, 고개를 들고 뒤집고 걸음마를 시작하는 영아기를 지나, '안아줘! 안아줘!'와 '아니! 아니'를 무한히 반복하며 매 순간 힘들게 하지만 '엄마 사랑해! 고마워!'와 같은 말 한마디로 순식간에 고달픔을 잊게 만드는 유아기가 됐다는 것. 적어도 아이의 생일을 두 번 이상 지냈으며, 태어나 가장 낯설고 고단한 인내의 시간을 버텨 냈다는 것이다.

'출산의 고통만이 아니라 출산 이후의 고통도 오랫동안 말해지지 않은 고통이었다'고 했던가. 아이를 두고 엄마가 우울을 이야기하는 것과 아이 옆에서 육아의 고통에 대해 말하는 건 자기 검열에 의해서도 타인의 시선에 의해서도 참 어려운 일이었다. 그러니까 나는 이 시기에 대해 대부분의 사람들이 '힘들어도 아이는 너무 예쁘잖아요'라고 말하는 그 순서를 한 번쯤은 바꾸고 싶었다. '아이는 예쁘지만 나는 너무 힘들었어요'라고 말이다. 예쁨이 힘듦을 다 덮을 수 없고, 힘듦이 예쁨을 덜하게 만들지도 않다는 것을 얘기하고 싶었다.

열여섯 명의 여성 작가가 '엄마 됨'에 대해 쓴 책《분노와 애정》, '모든 여성이 엄마가 될 필요는 없다' 말하는 이스라엘 사회학자 오나 도나스의 책《엄마 됨을 후회함》, '여자에게 독신은 홀로 광야에서 우는 일이고 결혼은 홀로 한 평짜리 감옥에서 우는 일이 아닐까'라는 문장을 쓴 신현림 시인의 시집《해질녘에 아픈 사람》. 이 세 권의 책은 그 시기의 나에게 '엄마 위로 교과서' 같은 책이었다.

'내 몸에서 나온 네가 내 과업이듯, 나의 다른 일들도 나의 과업이란다.'

(출산 후) '위풍당당히 사라져버린 나의 섹슈얼리티를 애도한다.'

'아이들은 내게 한 번도 경험해보지 못한 격렬한 고통은 안겨준다. 양가감정이라는 고통이다. 나는 쓰라린 분노와 날카롭게 곤두선 신경, 더없는 행복에 대한 감사와 애정 사이를 죽을 듯이 오간다. 가끔 내가 작고 죄 없는 아이들에게 느끼는 감정에서 이기적이고 속 좁은 괴물을 본다.'

'나는 엄마인 작가들이 할 수 있는 한 모든 것을 기록해야 한다고 생각한다. 메모를 남기고, 일기를 쓰고, 사진을 찍고, 녹음을 하고, 인간에게 가능할 수 없을 정도로 커다란 의미를 갖는 주제가 있음을, 그동안 작가들은 엄마가 아니었기에 사실상 알려진 것이 아무것도 없는 주제가 있음을 상기해야 한다.'

《분노와 애정》 중에서

'엄마로서의 삶에 대한 후회를 표현할 만한 언어는 없다.'

'몇몇 여성은 아이가 없었으면 하는 소망과 실재하는 아이에 대한 애정을 동시에 느낀다.'

'고통을 당하지 않고자 기꺼이 논쟁에 휘말리는 여성과 엄마들은 언젠가, 어떻게든, 무언가를 바꾸게 될 것이다. 우리는 마땅히 그럴 만하다.'

《엄마 됨을 후회함》 중에서

쉬잇, 가만히 있어봐
귀를 창문처럼 열어봐
은행나무가 자라는 소리가 들리지
땅이 막 구운 빵처럼 김 나는 것 보이지
으하하하하, 골목길에서 아이 웃는 소리 들리지
괴로우면 스타킹 벗듯 근심 벗고
잠이 오면 자는 거야
오늘 걱정은 오늘로 충분하댔잖아

불안하다고?

인생은 원래 불안의 목마 타기잖아

낭떠러지에 선 느낌이라고?

떨어져 보는 거야

그렇다고 죽진 말구

떨어지면 더이상 나빠질 것도 없어

칡넝쿨처럼 뻗쳐오르는 거야

희망의 푸른 지평선이 보일 때까지

다시 힘내는 거야

〈너는 약해도 강하다〉, 《해질녘에 아픈 사람》 중에서

이런 문장과 시는 단지 읽는 것만으로도 숨통이 트였다. 나를 살게 했다. 밑줄 그으며 끝나지 않을 것 같은 반복되는 하루도 '이만하면 됐다'고 그칠 수 있었고, 책장에 꽂혀 있는 책의 제목만 바라봐도 나의 '분노와 애정'을 조금 다스릴 수 있었다. 엄마 뒤에 후회라는 감정이 밀려올 때마다 이 기분이 나만 그런 게 아니라 엄마를 경험한 많은 이에게 일어나는 정서임을 알 수 있었다. 그리고 해질녘이 될 때면 아파도 고통스럽지 않을 수 있었다.

교과서 공부하듯 엄마가 저작권을 가지고 편찬한 세 권의 책과 다른 여성 작가들의 책을 읽으며 나도 쓸 수 있었다. 정돈되지 못한 감정을 아이가 아닌 빈 문서 위에 토해낼 수 있어 다행이었고, 잘 갈무리해 에세이라는 장르에 내 얘기를 실을 수 있어 기쁘다. 나도 그들처럼 내 삶을 쓰며 아이를 키우며 살아갈 수 있었다.

'자기 삶의 저자인 여자는 웬만큼 다 미쳐 있다'고 하미나 작가는 썼고, '미치지 않고서는 견딜 수 없었으므로 미쳐서라도 견뎠을 것이다'라고 신형철 평론가는 썼다. 여기에는 어쩌면 미쳐서 쓴 글과 미치지 않으려고 쓴 글이 고쳐지고 다듬어져 담겨 있는 것일지도 모른다. 엄마인 나의 고통과 우울이 기록이 된다고 생각하면 조금 덜 우울해졌다. 쓰는 손가락 사이로 우울이 새어나갔다. 그래서 애써서 썼다.

아이가 태어나고 내가 다시 태어났다. 그 시기를 통과한 나는 내 생의 끈이 한 번 크게 뒤틀려 매듭지어진 것만 같다. 우울 때문에 죽고 싶었다가 '결국 내가 살려고 우울이 왔구나' 깨닫게 되었다. 나는 태어났으므로 기쁘고 슬프고 우울한 거니까. 무엇보다 이 모든 과정을 겪으며 일과 글과 근육 키우기를 다짐했다. 아이를 위해서 나를 위해서. 임신, 출산, 육아라는 고통이 나에게 준 각성이었다.

아이를 낳고 죽고 싶었던 순간이 떠오를 때마다 나는 그때 죽고 싶었던 게 아니라 '잠깐만 죽고'* 싶었던 거라고 생각한다. 통증이 반복되고 아이가 끊임없이 울고 집안일이 나를 덮치고 이 모든 게 한 집에서 매일 반복되는 상황에서 죽음을 떠올리는 건 가장 쉬운 일이 되었다. 그때의 나는 어쩌면 미쳐 있고 이상했던 게 아니라 세상에 드러나지 못한 이야기를 그저 내가 온몸으로 겪던 중이었으니 지극히 당연한 거였다고, 그럴 수 있던 거라고 나에게 말해주고 싶다.

'죽고 싶었던 순간들만 모아 다시 살고 싶다'**는 한 시인의 표현은 나에게 반만 맞다. 다시 살고도 싶지만 그랬다면 이 책은 나올 수 없었을 것이다. 내가 이해하게 된 고통과 생명에 대한 범위는 지금보다 더 좁았을 것이다.

마지막으로 밑줄 친 문장 하나를 옮겨 적으며 사랑하고 사랑하는 내 아이에게 말해주고 싶다.

'그러므로 나는 죽지 않을게. 죽어도 죽지 않을게.'***

*   《수학자의 아침》, 김소연
**   《아침의 안이》, 심보선
***   《인생의 역사》, 신형철

2장

누군가에게
물려줄 이야기를 위해

세밀하고 적나라한 임신, 출산, 육아

───────────

사실 물려받은 이야기가 없다는 것은 여성들에게
치명적이다. 매번 같은 경험에 맞닥뜨리면서도 이를
언어화하지 못해 고군분투해야 하기 때문이다.

《당신의 말을 내가 들었다》, 안미선

2020년 5월 30일 엄마가 되었다. 임신 전 넉 달의 산부인
과와 석 달의 난임병원을 다녔다. 생리불순과 다낭성난소증
후군으로 배란일을 맞추기 어려워 인공수정을 결정했으나 시
술 전 과배란 주사를 맞고 마지막으로 한 관계에 자연임신이
되었다. 임신이 된 직후 과배란 주사의 부작용으로 복수가 차
임신 6주에 6개월 임신부처럼 배가 나왔고 걷기도 숨쉬기도

힘들었다. 임신 초기에는 입덧과 먹덧(계속 먹어야 구역질이 나오지 않는 상태), 온종일 멈추지 않는 두통에 매일 시달렸다. 먹고 토하고 머리를 부여잡는 날들이었다. 임신 막달에는 임신성 소양증(극심한 피부 가려움증)이 와 만삭의 배를 밤마다 손톱으로 피가 날 정도로 벅벅 긁지 않고서는 잠들지 못했다. 말로 다 할 수 없는 지난한 10개월의 과정을 거쳐 제왕절개로 아이를 만났다.

출산 후 극심한 산후통으로 온몸의 관절에 엄청난 통증이 생겼다. 손가락 마디부터 손목 허리 무릎 발목 발가락까지 모든 뼈마디가 쑤시고 시리고 저리고 멍하니 아팠다. 매일 밤 침대에 누우면 몸 전체가 고통스러워 어찌할 바를 몰라 괴로워하며 울기만 했다. 그 통증은 정도는 조금 줄었지만, 지금까지도 이어지고 있다. 거기에 젖몸살과 유선염이 심해 가슴에 무언가 스치기만 해도 끔찍하게 아팠다. 내 아이는 신생아 때 '등 센서'가 심해 품에 안고 있어야지만 울지 않았는데, 아이를 안으면 염증 난 가슴이 눌려 내가 눈물이 났다. 아이의 울음을 멈추기 위해 안아야 할까, 내 고통을 줄이기 위해 내려놓아야 할까. 이래나 저래나 울고 싶은 날들이었다.

수술 후 이틀째부터 젖이 돌기 시작했다. 제왕절개로 걷지도 못하는 상태에서 가슴이 젖으로 가득 차 딱딱해지고 뜨겁게 열이 나는데 태어나 처음 느껴보는 엄청난 고통이 너무 낯설고 당황스러웠다. 젖양이 많았지만 아이는 잘 물지 않았다. 모유 수유를 제대로 하지 못해 유선염이 왔다. 유선염은 단순한 염증이 아니었다. 밤마다 누가 내 가슴을 칼로 찌르는 것 같은 통증을 수반했다. 그때의 나는 내 가슴을 그냥 잘라버리고 싶었다. 부풀어 오른 채로 딱딱하고 뜨겁고 찌르는 통증이 수없이 반복되는 상태에서는 아이도 예쁘지 않았고 나도 살고 싶지 않았다. 만신창이가 되어버린 몸과 마음은 점점 더 심각한 산후우울증으로 번졌다. 그 기간 동안 새 생명 앞에 내 목숨은 가장 하찮은 것 같았다. 매일 밤 그저 죽고 싶었다. 우울과 고통으로 뒤덮여 살아갈 방도를 찾을 여력조차 없었다. 생명의 탄생은 나에게 지독한 산후통과 깊은 우울을 주었고, 그 앞에서 나는 웃어야 할까 울어야 할까 자주 헷갈렸다. 아이는 경이로웠고 나는 처참했다.

시간이 지나 실제로 나를 구원해준 건 아이의 통잠과 어린이집 등원, 상담과 약물치료, 그리고 글쓰기였다. 쓰며 지난 고통을 복기하는 일은 괴로웠지만 이해의 폭을 넓혀주었고, 엄마가 된 나를 받아들이는 데 가장 효과적이었다. 출산 후 7개월 우울증상담센터를 찾아 상담을 받았고 출산 후 14개월 정신과를 찾아 항우울제를 처방받았다. 상담하고 약을 먹고, 뜨거운 물로 샤워를 하고, 집 앞 공원을 산책하고, 운동을 시작하고, 밥을 챙겨 먹고, 울고 말하고, 무엇보다 가족과 주변인들에게 우울증을 고백하고, 이 모든 이야기들을 매일 밤 아이가 잠든 후 기록하며 나에게 생긴 병과 상처는 그제야 조금씩 나아졌다.

아이는 선명하게 축복이었고 기쁨이었고 사랑이었다. 하지만 그 과정에는 더 뚜렷한 고통과 통증과 눈물이 있었다. 그 불행을 덮고 임신과 출산과 육아의 행복만을 말하는 이야기는 이미 너무나 오래 그리고 길게 말해져 왔다. 이제 생략되지 않고 걸러지지 않은 세밀하고 적나라한 이야기가 우리에게는 필요하다. 임신은 힘들고 출산은 고통스럽고 육아는 버겁다고 축약된 한 문장을 무엇이 힘들고 얼마나 고통스럽고 왜 버거울 수밖에 없는지, 엄마가 된 내가 늘리고 늘려 세세하게 쓴다. 그 자세하고 정확한 이야기가 부모가 될 사람들에게는 도움이, 부모인 사람들에게는 공감이 될 것이라고 믿는다. 은유 작가는 말했다. 누구나 한계 속에 글을 쓴다고. 그래야 한계에 갇힌 인간의 삶을 위로할 수 있다고. 좋은 엄마 말고 쓰는 엄마로 살아가라고.

앞으로 또 다른 고통과 우울은 내 삶에 어김없이 나타나겠지만, 그럼 또 울고 아파하고 다시 회복하며 계속 살아가야 한다. 삶의 대부분은 비슷하거나 같은 일을 되풀이하는 것으로 이루어져 있음을 잘 안다. 내 새끼 1, 2년 키우고 말 거 아니니까. 육아는 전력 질주가 아니라 오래오래 잘 걸어야 하는 일이니까. 잘 기록하고 나와 비슷한 고통을 겪은 사람들과 연대하고 도움 주고, 누군가에게 '물려줄 이야기'를 위해 오늘 밤도 아이가 잠들면 내 경험과 고난을 복기하며 세밀하고 적나라하게 기록한다. 쓰는 엄마로 살아가기 위해.

그래서 나는 2020년 5월 30일 전으로 기억을 돌려본다. 수술대 위에서 환자가 아닌 엄마가 됐던 날. 그날이 오기 전까지 나에게 무슨 일이 있었는지. 엄마가 된 내가 엄마가 될 누군가에게 물려줄 수 있는 이야기는 무엇인지. 고르고 고민하며 시간을 돌려본다.

임신하기 딱 좋을 때

엽산보다 먼저 준비해야 할 마음

모든 것이 불확실한 시기인 건 맞지만,

모든 것이 가능한 시기이기도 하다고.

《명랑한 은둔자》, 캐럴라인 냅

이틀 전 주문한 엽산이 도착했다. 갈색 병에 담긴 이 알약을 이제 하루에 한 알씩 잘 챙겨 먹어야 한다. 물론 남편과 함께. 언제 될지 모르는 '임신'을 위해. 나는 괜히 한 번 약병을 만지작거려 보았다. 이제 내가 진짜 엄마가 될 준비를 하는 건가. 기분이 이상했다.

그날 저녁 여느 때처럼 퇴근 후 남편과 함께 밥을 먹었다. 식사를 마친 후 주방 한편에 숨겨둔 엽산 두 알을 꺼내 손에 쥐었다. "오빠 손 펴봐. 줄 거 있어." 한 알을 그의 손바닥 위에 살포시 놓았다. "이게 뭐야?" "엽산. 이제 우리 이거 꼬박 꼬박 잘 챙겨 먹자!" 그는 날아갈 듯 기뻐했다. 당장 엽산 한 통을 다 삼켜 넘길 기세였다. 내일이라도 바로 아빠가 될 것 같은 엄청난 기대감에 행복해하며 나를 꼬옥 안아주었다.

　이 한 알의 약을 삼키기까지 우리에겐 지난한 시간들이 있었다. 결혼을 한 후 2년 동안 임신은 우리에게 금기어 같은 거였다. 티브이를 보다 어린아이가 나오거나 임신한 연예인 얘기가 나오면 바로 채널을 돌렸다. 우리와 비슷한 시기에 결혼을 한 지인들의 임신 소식은 달갑지 않았다. 남편에게 아이는 '단념'의 존재였고, 나에게 아이는 '결심'의 존재였다. 모두 '타이밍'의 문제였다.

　연애 때부터 그의 마음은 항상 나보다 앞서 있었다. 빨리 결혼하길 원했고 얼른 아이를 갖길 원했다. 나는 아직 결혼이 두려웠고 아이는 더욱더 걱정스러웠다. '일' 때문이었다. 프리랜서 아나운서인 나에게 출산은 곧 경력단절을 의미했다. 출산휴가는 없었다. 프리랜서에게 자리를 비운다는 건 대체된다는 것이다. 내 일이 끝난다는 것이다. 지나가는 말로 방송국 국장님이 언제 아이를 가질 거냐 물어오면 '출산휴가 주실 건가요?' 속으로만 답했다. 아직 계획이 없다는 대답만이 내가 지금 하고 있는 일을 계속할 수 있다는 보장이었다.

왜 정규직이 아닌 출산을 앞둔 여성들의 경력은 쌓이는 것이 아니라 단절되어야만 할까. 나는 아이를 갖고 싶은 만큼 일도 하고 싶었고 커리어도 쌓고 싶었다. 아나운서와 엄마, 작가와 주부를 함께 잘 해내고 싶었다. 하지만 현실 속에 그것들의 동시同時는 쉽지 않았다. 나와 같은 직업의 선배들이 그랬고, 주변의 거의 모든 여자 프리랜서들이 그래왔다. 나아지지 않았다. 적어도 그때까지 내 주변에는 정규직이 아닌 이상 프리랜서 아나운서가 출산 후 출산 전과 똑같은 자리로 복귀했다는 사람은 없었다. 정규직이 되면 되는 것 아니냐고? 아나운서는 서울 공중파와 종편 한 곳의 공채 입사를 제외하고는 거의 다 자리가 보장되지 않는 계약직 아니면 프리랜서다.

이건 단순히 개인의 노력과 부부의 도움과 간절한 마음으로 바뀌는 영역이 아니었다. 살아가며 일만 할 건 아니지만 잘 살아가기 위해 일을 하는 건 중요하다. 인간에게는 노동도 필요하고 돈도 필요하고 무엇보다 인정과 증명이 필요하다. 일은 그 모든 것을 위해 필요한 것이었고, 출산은 그 모든 것을 어렵게 만드는 것이 현실이었다.

이전과 같은 삶을 이어가며 아이를 얻게 되는 건 아빠였고,

아이를 얻고 이전과 아예 다른 삶을 사는 건 엄마인 것 같았다. 항상 직장이 아닌 내가 좋아하는 '직업'을 위해 열심히 달려왔던 나였지만, 아이를 생각하면 직종과 무관하게 나를 정규직으로 채용해주는 회사를 찾아 다시 취준생이 되어야 하는 건 아닌지. 정규직으로 채용이 되면 그후에 임신을 해야 하는 건 아닌지. 고민의 개수만큼 임신 계획도 늦어졌다.

결혼한 지 7개월쯤 되었을 때 나는 이 마음을 어렵게 그에게 말했다. 경력단절에 대한 두려움과 아이에 대한 생각을. 그저 아이를 생각하면 설레기만 했던 그의 마음에 나는 큰 돌을 던졌다. 하지만 나는 알려주고 싶었고 함께 고민하고 싶었다. 나도 무언가를 떠올렸을 때 설렐 수만 있다면 그걸 하루빨리 원할 것이라고. 배가 부르고 입덧과 각종 고통에 시달리고 산통 혹은 수술을 겪어야 하고, 오랫동안 열심히 애써 쌓아온 것들을 잃을 수 있다는 불안과 현실을 마주해야 한다면 과연 설렐 수만 있을까. 임신은 보채거나 재촉하기보다 신중하고 구체적인 준비가 필요함을 직시해야 한다.

묵직한 걱정이 그에게 생겼다. 미래의 아이 앞에 우리는 그 순간 함께 마음이 무거워졌다. 그 이후로 우리는 매일 밤 애기를 나누기도 다투기도 울기도 하며 시간을 보냈다. 온도 차

심한 대화와 다툼 속에서 어느 날은 이혼이라는 단어를 생각할 만큼 괴로운 날이었고, 어느 날은 내 일을 포기해야 하나 싶은 허무의 날이었다. 남편 역시 마찬가지였을 것이다. 어느 날은 자기 커리어만 생각하는 내가 이기적으로 보이기도 하고, 어느 날은 기약 없이 늦어지는 아이 계획에 희망이 사라지는 것처럼 느껴졌을 것이다. 모두 각자의 입장에서 마음을 밀고 당기며 우리는 멀어졌다가 다시 가까워지기를 반복했다. 명확한 합의 없는 날들에 결국 '아이'는 꺼리고 피해야 할 단어가 되었다.

하지만 다행히도 그 반복을 이어가며 다툼은 점점 대화가 되었고, 원망은 이해가 되었다. 우리는 나아지려고 싸운 거니까. 좋든 싫든 수많은 대화는 이야기의 부피만큼 관계를 회복하게 했다. 그러면서 정확히 언제가 될지 모르겠지만 서로가 함께 기쁜 마음으로 임신 준비를 하자는 마음이 들 때까지 충분히 지금의 신혼을 만끽하기로 했다. 일단은 일단만 생각하기로. 아쉬움은 마음껏 했을 때 사라지고, 어떤 것의 시기는 때로 당장보다 나중이 알맞을 때도 있다.

그렇게 한동안 아이 계획 없는 둘만의 신혼생활이 이어졌다. 그동안 나는 내가 좋아하는 일을 하며 삶을 더 좋아하게 되었고, 우리는 온전히 둘이서 완전한 행복을 느끼며 살았다.

각자의 삶에 충실해지자 우리의 삶도 충만해지는 걸 느꼈다. 함께라 즐거웠고 둘이라 가뜬했던 시간이었다.

그러다 개편을 맞아 매일 진행하던 프로그램에서 하차하게 되었다. 좋아하는 방송을 매일 하지 못하게 된 슬픔과 내 의지와 능력과 무관하게 결정된 상황이 아쉽고 억울했지만 생각했다. 때로 생은 내가 결정하는 것이 아닌, 생이 나를 점치는 순간도 있는 것이라고. 그러면 받아들이기가 한결 쉬워졌다. 무언가를 하게 되는 기회가 오기도 하지만, 무언가를 못 하게 되는 순간도 오는 거니까. 일을 그만두고 남편에게 양해를 구하고 런던 행 비행기 티켓을 끊었다. 혼자 열흘 동안 영국과 에든버러 여행을 다녀왔다.

나는 알았다. 엄마가 되기 전 혼자 홀연히 떠날 수 있는 마지막 여행이 될 수도 있다는 것을. 나의 임신 준비 목록 가장 위에는 '혼자 여행'이 있었다. 임신 후 오랫동안 하기 힘든 일은 임신 전 해야 할 중요한 일 맨 꼭대기에 두었다.

여행에서 돌아와 남편과 얘길 나눴고 이제 우리는 엄마와 아빠가 되기에 적당한 타이밍이라고 생각했다. 단순히 내가 이제 매일 출근을 하지 않아서 때문만이 아니라 서로가 원하게 된 시기라는 걸 확인했다. 그때의 나는 서른여섯 남편은 마흔, 임신하기 딱 좋은 나이였다. 그 나이는 단순한 숫자가 아닌 '타이밍'이니까. 타이밍은 효과가 가장 크게 나타나는 순간이다. 그 순간을 위하여 동작의 속도를 맞춰야 한다. 서로의 생의 주기가 잘 맞아떨어진 시간이자 상황과 마음의 준비가 된 그때가 임신하기 딱 좋은 때다. 나는 기꺼이 엽산을 주문했다.

남자와 여자가 만나 결혼을 하고, 난자와 정자가 만나 임신을 한다. 모두 같이 해야 하는 일이고 함께 준비해야 하는 일이다. 단순히 엽산을 먹는다고 임신 준비가 되는 것은 아니다. 임신 후 앞으로 둘에게 닥칠 일들과 일어날 변화를 싸움과 대화, 치열한 고민과 논의로 충분히 나눠야 한다. 최대한 구체적이고 세세하게. 그렇게 나눈다 해도 서로의 생각은 다를 수 있고 예상치 못한 일들은 무수하기에, 오늘 밤도 신혼부부는 다퉈야 한다. 그 다툼은 대립을 줄여줄 것이고 신혼이 없어진 그냥 부부가 된다 해도 여전히 둘의 관계는 좋을 수 있을 것이다.

내 계획과 마음을 털어놓되 상대방의 말도 흡수하고, 진짜 포기할 수 없는 것은 주장하되 그만큼 양보할 수 있는 것을 찾는다면 타이밍은 나이스하게 둘의 삶에 생겨날 것이다. 우리 부부가 그랬다. 물론 그만큼 시간이 흘러 의학적 기준으로 나는 노산에 해당하는 나이가 되었지만 괜찮았다. 1, 2년 앞당겨 임신했다고 내가 이십 대가 되는 것도 아니었다.

얼마 전에 결혼한 아는 동생이 전화를 걸어와 남편과 시댁이 원해 빨리 임신 준비를 하게 됐다고 했다. 내가 그녀의 결혼식에 갔던 건 한 달 전이었다. 물론 그녀도 함께 빨리를 원했다면 상관없지만 아니었다. 고민하고 걱정하고 있었다. 남편이 나이가 있고, 시부모님이 원하고, 언젠가 낳을 거라면 빨리 낳는 게 나을 것 같고…. 한참을 듣고 보니 아이를 낳아야 할 이유는 여러 가지였지만, 그 여러 가지 중에 가장 중요한 아이를 낳을 당사자의 생각은 없었다. 그러면서 언니는 엽산을 어떤 걸 먹었냐 물어왔다. 나는 동생에게 엽산 브랜드를 알려주는 대신 우리 부부의 스토리를 말해주기 시작했다. 그렇게 수다와 당부의 말은 늘어나고 긴 통화의 끝 마지막으로 한마디를 더 보탰다.

"알았지? 타이밍은 나이스하게, 무엇보다 너와 남편이 나이스할 때. 엽산보다 먼저 주문해야 할 건 대화야!"

동생 부부 그리고 세상의 모든 예비 엄마 아빠들의 싸움과 이야기가 넘치는 치열하고도 다정한 임신 준비를 바란다. 둘의 생각과 속도를 맞춘 생의 가장 좋은 타이밍을 잘 찾게 되길 응원한다.

산부인과와 난임병원 사이

'난임'이라는 단어의 무게

———————————

사랑은 사실 점막으로 하는 게 아닌가.

《피프티 피플》, 정세랑

예민하게 일했다. 건강과 체력을 있는 대로 끌어다 썼다. 생리는 일 년에 대여섯 번. 때문에 이번 달 생리가 늦어지거나 없다 해도 나에게는 놀랄 일이 아니라 당연한 일이었다. 오히려 아프고 성가신 일이 하나 줄어 편하다고까지 생각했나. 하지만 임신 준비를 시작하니 그건 가장 큰 문제가 됐다. 불규칙적이고 듬성듬성인 생리로는 배란일이 언제인지 알기 어려웠고 매달 생리를 하지 않으니 임신이 될 확률은 그만큼 낮았다. 병원에 다니기 시작했다.

산부인과는 치료가 아니라 '숙제'를 받아오는 곳이었다.

'굴욕 의자'라 불리는 검진 의자에 앉아 양쪽 다리를 벌린 후 질 안에 초음파 기구를 넣고 난포 크기를 확인하면 숙제가 주어졌다. 부부가 관계를 해야 하는 날. 병원에서는 그것을 '숙제'라고 말하곤 했다.

사랑 가득한 부부의 관계가 숙제가 되는 건 임신이라는 계획이 생기면서다. 이 숙제와 관련된 후일담은 다양한데, 그중 대표적인 것은 평소 관계에 있어 의욕 가득하고 아무 문제 없는 남편이 숙제 날만 되면 이상하게 잘되지 않더라는 이야기와 같은 것들이다. 무엇이든 실패의 가장 큰 걸림돌은 의식과 힘이다. 신경을 너무 많이 써 긴장하고 힘이 들어가면 그르치기 십상이다.《힘 빼기의 기술》이라는 책 제목처럼 기술은 어쩌면 힘을 주는 것뿐만 아니라 빼는 데도 필요한 것이다.

우리 부부는 착실한 학생이 되어 열심히 숙제를 해갔지만, 번번이 의사 선생님께 다음 숙제를 받아와야만 했다. 임신이 되지 않았다. 하지만 사전에도 나와 있다. 시기에 맞춰 부부 관계를 가졌다 하더라도 한 번의 생리 주기당 임신율은 5~6%라고. 배란과 수정과 착상은 결코 쉬운 일이 아니기에 우리는 힘을 빼고 잘 기다리기로 했다. 단 한 번 만에 임신이 되는 일도 있지만 세상에 단번에 됐다는 이야기들은 놀랍고 신기해 크게 들릴 뿐이다. 삶을 넓게 이루고 있는 것들은 끊임없는 반복과 기다림으로 만들어짐을 잊지 말아야 한다.

그러던 어느 날 어김없이 초음파를 보고 숙제 날을 받고 수납하려고 하는데 간호사가 큰 목소리로 말했다. "임신이 하도 안 되니까 선생님이 그냥 가시래요." 순간 대기 중이던 많은 사람이 나를 일제히 쳐다보는 눈빛이 느껴졌다. 임신을 준비한 지 고작 석 달 정도 됐을 뿐인데 그 석 달이 이곳에서는 '하도'가 되는구나. '생리불순'이라는 문제가 있긴 했지만, 산전 검사에서 모두 정상이었던 나는 별안간 불임이 된 듯했다. 배려가 무례가 된 순간이었다. 당황한 내가 할 수 있는 건 급하게 산부인과를 빠져나오는 것뿐이었다.

집으로 돌아오는 내내 머릿속에 간호사의 말이 맴돌았다. '임신이 하도 안 되니까' 내 잘못은 아닌데 뭔가를 크게 그르친 사람이 되어 주눅이 들었다. '난임'과 '불임'은 '여자'를 지칭하는 단어가 아니고 원인도 모두 여자의 탓은 아닌데 그 말의 방향은 자주 여성을 가리키고 있는 듯했다. 임신은 똑같이 난자 하나와 정자 하나가 필요한 일인데 준비도 검사도 과정도 결과도 모두 여자가 떠안아야 하는 것 같았다. 자궁이 여자 거여서 그럴 테지…, 웃어넘기려 애썼다. 난임병원에 다니기 시작했다.

내 몸 상태는 어제와 똑같은데 난임병원을 들어서니 이상하게 자궁이 아픈 사람이 된 것 같았다. 산부인과를 다닐 때는 임신 준비를 하는 사람이었는데 난임병원에 다니니 임신이 안 되는 사람이 된 듯했다. 단어에도 무게가 있다면 난임은 분명 중량이 엄청나지 않을까. 임신 가능성은 난임이라는 두 글자 앞에 확률을 낮추고 예비 임신부인 나는 환자가 되어버린 것 같았다.

산부인과는 시끄럽고 난임병원은 조용했다. 산부인과에는 임신한 그리고 임신할 여자들이 가득했고, 난임병원은 임신하지 못한 그리고 임신할 여자들이 듬성듬성 있었다. 산부인과에는 어른과 아가들이, 난임병원에는 어른들만이 있었다. 나는 이 차이들을 나도 모르게 비교하며 어제는 산부인과에 오늘은 난임병원에 앉아 있었다.

산부인과의 간호사들은 말소리가 컸다. 임신 몇 주차세요? 아기 성별 보셨어요? 수술 날짜 다가오네요. 웃고 축하해주었다. 난임병원의 간호사들은 속삭였다. 생리 후 이틀째부터 드시는 약이에요. 항생제 드시고 다음 주 화요일에 오세요. 다음 주 시험관 결과 볼 거예요. 조용히 그리고 조심히 말했다. 산부인과에 들어서면 사람들은 먼저 서로의 배를 쳐다보았다. 누군가는 티 나지 않았고 누군가는 불룩했다. 난임병원에 들어서면 사람들은 서로의 얼굴을 힐끗힐끗 쳐다보았다. 모두 티 나지 않았고 알 수 없었다. 누군가 나의 배를 쳐다보는 곳에서 얼굴을 보는 곳으로 옮겨가니 알게 되었다.

어느 날은 진료를 기다리고 있는데, 옆자리의 여자가 진료를 보고 나와 남편에게 속삭였다. "다음 주에 주사 맞고 채취한대." 시험관 아기를 준비하는 부부였다. 나는 그 대화를 듣고는 주사도 채취도 아프지 않고 잘 되기를 난데없이 소망했다. 내가 임신에 대한 무거운 마음을 안고 이곳에 오니 나와 비슷한 다른 사람들이 신경 쓰였다. 종교 없는 나는 이상하게 이곳에서 자꾸만 이름 모를 누군가에게 기도를 하게 되었다. 아픔은 공감을 만나 주어가 타인을 향하게 되는 일은 아닐까. 내가 아프니 이 아픔을 겪을 누군가에 대해 마음이 넓어졌다. 아픔은 곤란이었지만 이런 확장은 좋은 마음 같았다.

그런데 순간 나는 어디에서도 볼 수 없었던 사랑을 표현하는 방법을 목격하게 되었다. 아내가 진료실에서 나오자 기다리고 있던 남편이 아내의 말을 차분히 듣고서는 주섬주섬 가방에서 젤리를 꺼내 아내 입에 넣어주는 것이었다. 아내가 오물오물 젤리를 씹는 동안 남편은 아내에게 카디건을 입혀주고 짧은 포옹을 하고 가방을 챙겨 수납한 후 병원을 나갔다. 나는 그 모습을 쭉 바라보며 사랑은 이런 것이구나 생각했다.

그 젤리는 인공수정에 실패한 후 시험관 시술을 앞둔 아내에게 건네는 가장 말랑말랑한 위로 같았다. 그 어떤 사랑 표현보다 야들야들하고 보드라워 보였다. 진심으로 함께 둘이서 임신을 준비하는 부부의 모습이었다.

누군가 더 많은 중량의 고통과 과정을 겪어야 할 수밖에 없을 때 곁에서 기다려주고 젤리를 먹여주고 껴안아주는 것도 함께 치르는 거니까. 사랑은 사실 젤리로 하는 게 아닌가. 마음 같아서는 그곳의 모든 사람들이 다 같이 오물오물 젤리를 씹으며 잠시나마 달달한 시간을 보냈으면 했다.

임신, 출산, 육아의 시기에는

무엇보다 엄마의 상태가 가장 귀중하다.

무엇보다 엄마가 건강해야 하고,

엄마가 행복해야 한다.

아이가 간절하고 아이가 소중해서 자꾸만

잊게 될 테니 반복해 기억해야 한다.

―――――――――――――

첫 번째 관문

나팔관 조영술, 그 엄청난 고통과 혼미의 순간

정신을 똑바로 차리면

모든 게 무섭거나, 슬프구나.

《인생은 이상하게 흐른다》, 박연준

난임병원에서의 첫 번째 관문은 '나팔관 조영술'이었다. 정식 명칭은 '자궁 난관 조영술'인데 이름도 생소한 이 시술은 자궁 안에 조영제를 투입해 나팔관이 막혀 있는지를 확인하는 시술이다. 조영제가 잘 흐른다면 뚫려 있는 것이고 막혀 있다면 압력을 줘서 용액을 흐르게 해 뚫어버리는 시술인 것이다.

후기를 찾아보면 '생리통의 오만 배 고통이다', '지옥을 맛봤다', '부작용으로 응급실에 실려 갔다' 등등 차라리 임신을 포기할까 생각이 들 정도로 어마무시한 얘기들이 많다. 경험자로서 나의 한 줄 평은 '생리통의 대략 다섯 배 정도로 지옥의 입구에서 정신만 바짝 차린다면 응급실에 실려 가지 않을 수 있다'이다. 하지만 내 자궁 안에 무언가 아주 깊숙이 들어온다는 사실 하나만으로도 충분히 정신을 잃을 수 있는 일이기도 하다.

꼭 이 시술이 아니어도 언제나 그렇듯 속옷을 입지 않은 원피스 형태의 병원복을 입고 검사대 혹은 시술대에 누워 치마를 훵하니 올리고 다리를 벌리고 있는 일은 참 난감하다. 여러 번을 반복해도 여의사 앞이어도 끝까지 적응되지 않는다. 나도 내 질 입구를 들여다본 적이 한 번도 없는데, 아무리 의사여도 그렇지 생판 모르는 남 앞에서 매번 민망하고 어색할 수밖에 없다. 아래가 훵해도 부끄럽지 않을 때는 변기에 앉아 있을 때뿐 아닌가. 화장실에서는 오롯이 혼자이고 변기는 말이 없으니까.

대망의 시술하는 날. 병원에 도착해 역시나 팬티를 벗고 원피스 형태의 병원복으로 갈아입었다. 옷을 입었지만 입지 않은 느낌, 속옷은 입어도 불편하고 안 입어도 불편한 옷이구나 새삼 깨달았다. 투명 원피스도 아닌데 다리 사이가 훵한 걸 느끼며 괜히 또 혼자 머쓱했다.

살아오며 아파서 혹은 아플까 봐 여러 병원에서 다양한 검진을 했었다. 정형외과에서 엑스레이 검사로 뼈도 들여다보고, 내과에서 내시경으로 위와 대장도 들여다보고, 산부인과에서 초음파로 자궁과 질, 난소까지 들여다보고. 그리고 이제는 난임병원에서 나팔관을 들여다볼 차례다. 임신은 무엇일까? 지금의 남편과 내가 대학생 때 아르바이트를 하던 곳에서 만나 15년 후 우리의 난자와 정자가 나팔관에서 만나게 되는 일. 조영술은 무엇일까? 그 두 세포가 잘 만나게 하기 위해 지금 내 나팔관에 길을 닦아놓는 일. 우리가 결혼할 줄 몰랐고, 임신이 이렇게 어려운 줄 몰랐고…. 시술실에 들어가기까지 그 짧은 시간 동안 뼈에서 세포까지 15년을 넘나드는 다양한 생각이 들었다.

시술실의 대기 의자에는 나 외에도 두 명의 여자분이 앉아 있었다. 오늘 우리는 모두 같은 시술을 받을 것이다. 간호사가 다가와 차례대로 각자의 이름과 주민등록번호를 물어보았다. 의도치 않게 우리는 순식간에 서로의 이름과 나이, 생일까지 알게 되었다. 그런데 그중 한 분이 하필 그날 생일이었다. "어? 오늘 생일이시네요?" 다른 한 분이 말했고, "생일 축하드려요!" 내가 말했다. 초면에 생일 축하 인사를 건네며 우리는 각자 나팔관 조영술을 받으러 들어갔다.

수술이 아니라 시술인데, 차가운 수술대 위에 눕는 건 마찬가지였다. 의사 선생님께서 금방 끝난다며 인터넷의 후기처럼 그렇게 아프지는 않을 거라고 말해주었다. 의사들은 항상 안 아플 거라고 말한다. 아플 거라고 하는 것보다는 나은가. 모르겠다. 깊게 호흡을 했다. 질 입구에 묵직한 기구가 들어왔다. 아프다기보다는 많이 이상하고 불편했다. 어쨌든 의사 말이 맞았다. 아프지는 않았으니까. 이어 그 안으로 조영제가 투입되었다. 아. 시작이구나! 가슴이 콩닥거리면서 얼굴에 식은땀이 나고, 생리통 다섯 배 정도의 고통이 한꺼번에 몰려왔다. 의사 말이 틀렸다. 많이 아팠다. 조영제가 들어오자 살면서 처음 느껴보는 통증이 밀려왔다. 통증의 정도보다 그 느낌이 아주 생경하고 당황스러워서 눈이 감기고 약간 정신이 혼미해지는 것을 느꼈다. 아. 이러다 진짜 응급실 가는 건가 싶었다. 눈이 감기자 옆에 있던 간호사가 눈을 뜨라며 호통을 쳤다. 응급실은 가지 않게 되었다. 고마운 꾸짖음이었다. 시술이 끝났다.

혼미해지지 않았다면, 정신을 똑바로 차렸다면 모든 게 무섭거나 슬펐을까. 다행히 내 나팔관은 왼쪽 오른쪽 어느 쪽도 막혀 있지 않았다. 막혀 있었다면 뚫어야 하니 더 많이 아팠을 거라고 했다. 그랬다면 정말 지옥에 갈 수 있겠구나 싶다.

가지 않아 천만다행이었다. 그렇게 임신을 위해 나도 남편도 아무 문제가 없는 상태임을 확인했다. 하지만 그 후 두 번의 숙제에도 임신은 되지 않았다.

　　결국 우리는 인공수정을 하기로 했다.

자궁이 '열일'하면 생기는 일

난임에서 다태아까지

기다림을 기다리기로 하자

잠시 덜 슬펐습니다.

《너는 내가 버리지 못한 유일한 문장이다》, 이훤

임신이 잘 되지 않는 부부에게 시간은 한 달 간격으로 흐른다. 생리하고 다음 생리 전 배란일을 계산해 가입기를 맞춰야 한다. 이번 숙제가 실패했다고 해서 바로 이어서 한다고 다 되는 게 아닌 것이다. 달력을 한 장 넘겨야 한 번의 기회가 온다. 몸도 마음도 다시 일상으로 돌아와 어느 정도 시간을 보낸 후 다음 기회를 준비해야 한다. 여자의 몸이 준비되어 적절한 때가 다시 오기를 건강하게 잘 기다려야 한다. 그러니 임신은 기다림이다.

누군가는 몇 달을 또 누군가는 몇 년을 기다리기도 한다. 그 시간 속에 인공수정과 시험관 시술이 반복된다. 그 과정에서 피를 뽑고, 각종 검사를 하고, 정자를 자궁 속에 넣고, 난자를 채취하고, 그로 인해 오는 호르몬의 변화로 감정 기복과 무기력, 신체적인 변화와 부작용까지도 모두 감내해야 하는 건 여자다. 아프고 당황스럽고 지치고 그걸 임신이 될 때까지 반복해야 한다. 시험관 시술에 여러 번 실패한 지인은 질 입구가 다 헐어서 소변 볼 때마다 끔찍해 화장실 가는 게 제일 두려웠다고 한다. 어떤 말은 그저 듣기만 해도 아프다.

인공수정 날이 돌아왔다. 오늘을 위해 배란유도제를 착실히 복용하며 어지러움증과 메스꺼움을 견뎠고, '난포 주사'라 불리는 자가 투여 주사를 내가 내 배에 셀프로 놓았다. 남편은 아침 일찍 정액 채취실에서 일본어를 들으며 열심히 정액을 채취했고 그동안 나는 자궁 초음파를 보며 난포 상태를 확인했다. 난포 주사를 용감히 스스로 놓았으니 배란이 잘 되어 있겠지 생각은 했는데 의사가 초음파 화면을 가리키며 말했다. "난포가 열 개 넘게 자랐네요." 정상 배란의 경우 한 달에 한 개의 난포에서 하나의 난자가 배란되는 것인데 너무 많은 것이다. 아. 셀프 주사를 너무 한 번에 완벽하게 놓았나. 배란유도제 약의 효험은 또 왜 이리 좋은 건가. 안 그래도 뭐든 열

일하는 성격인데 자궁까지 열일했네.

문제는 이 상태에서 인공수정을 할 경우 다태아 임신 가능성이 높다고 했다. 다태아라면 쌍둥이뿐만 아니라 그 이상도 포함되는 거다. 즉 세쌍둥이 혹은 네쌍둥이까지도 가능성이 있다는 얘기다. 더 큰 문제는 만약 다태아 임신이 됐을 때 예를 들어 네쌍둥이인데 넷 모두를 품을 상태가 되지 못하는 경우 선택유산을 하기도 하는데 어떻게 할 것인지, 할 것인지 말 것인지 등등 태아도 아닌 배아 상태를 두고 고민해야 하는 일이 생기는 것이다. 그리고 나를 진료해주시는 의사 선생님께서는 개인의 신념상 그 시술을 하지 않는다고 하셨다. 필요할 경우 다른 병원으로 안내를 도와주겠다고 했다. 물론 임신이 되지 않을 수도 있고, 된다면 무조건 다태아 임신이 되는 것은 아니나 지금의 난포 상태로는 가능성이 크니 모든 것을 고려해 남편과 잘 상의해서 인공수정 진행 여부를 결정해 달라고 했다.

어려웠다. 내 배 속에 정확히 결과를 예측할 수 없는 여러 가능성이 있었다. 경우의 수는 많은데 확실한 것이 아무것도 없을 때 선택은 가장 어려운 일이 된다. 이럴 땐 누구라도 대신 선택해 줬으면 싶다. 임신하려고 약도 먹고 주사도 맞았는데 그 임신이 셋, 넷이 될 줄은 한 번도 생각해본 적이 없었다. 그냥 쌍둥이도 생각해본 적이 없는데. 하지만 그 순간 삼신할미를 만나러 갈 수도 없는 일이고, 나의 난자와 남편 정자의 앞날을 어찌할 것인가. 선택은 당연히 엄마와 아빠가 될 우리의 몫이었다. 그렇지만 망설일 시간이 없었다. 우리 뒤로 진료를 기다리는 부부들이 많았다. 남편과 나는 신중하지만 빠르게 결정을 해야 했다. 과연 그것은 가능한가. '신중'은 아주 조심스럽게 시간을 들여야 가능한 게 아니던가.

남편은 신중하게 말했다.
"무조건 자기 생각을 따를게."

나는 빠르게 답했다.
"1%라도 있을 선택유산 가능성이 싫어."

결론은 간단했다.
"하지 말자."

우리는 선생님께 말했다.
"안 하겠습니다."

‘신중하지만 빠르게’는 한 사람이 상대방의 의견을 전적으로 존중하면 가능했다.

그날 결국 남편의 정자는 나의 난자를 인공적으로 만나지 못하고 사라지게 됐다. 하지만 괜찮았다. 우리에게 임신 자체가 사라지는 건 아니니까. 조금 늦어지더라도 고민과 걱정 없이 기쁜 마음으로 아기를 만나기를 바랐다. 우리는 이번 달 달력을 잘 넘기자고 했다. 그렇게 ‘안 하겠습니다’를 외치고 나오려는데 의사 선생님이 말했다.

"다음 달에 인공수정을 할 예정이긴 한데 그래도 3일 전에 내준 숙제를 하셨으니 자연임신 가능성이 없는 게 아니에요. 혹시 모르니까 2주 후에 임신테스트기 해보시고요. 그사이 자연임신이 됐다면 잘 착상될 수 있게 도와주는 질정제를 처방해 드릴게요. 질 안에 넣는 약이에요."

주사에 이어 이제는 셀프로 약을 넣어야 하는구나. 아. 지난하고 고된 임신까지의 과정이여. ‘혹시’ 때문에 일주일 동안 질 안에 약을 넣어야 하다니. 삼키고 찌르고 넣고. 새삼 이 모든 과정을 거치며 약의 종류는 참 많구나 싶었다. 그렇게 인공수정을 하지 못한 채 약국에서 질정제 일주일 치를 사 집으로 와야 했다.

하루, 이틀, 사흘이 지나고 나는 질정제를 넣지 않았다. 뭐랄까. 그냥 임신이 아닐 것 같았다. 직감이 그랬다. 산부인과를 석 달 다니면서 매달 숙제를 열심히 해가도 임신은 되지 않았으니 이번에도 그럴 것 같았다. 결과가 자꾸만 늦어지면 원인을 탓하게 되니까. 의사 선생님의 '그래도'라는 전제에 마냥 기대를 걸 수 없었다. '혹시'는 그러할 리는 없지만 만약에 있는 일이니 그러할 리 없다고 생각했다.

남은 질정제 네 개가 화장실 거울 안쪽 서랍에 놓였고, 2주의 시간이 흘렀다.

열 달의 '불행복'

잉태는 얼마나 신비롭고 참혹한지

인간에게는 행복만큼

불행도 필수적인 것이다.

《모순》, 양귀자

2주 동안 나는 과배란으로 시도조차 하지 못한 인공수정을 미련 없이 잊고 지냈다. 임신 준비를 하며 기다리는 건 익숙해지고 기대하는 건 자제하게 됐다. 일하고, 밥 먹고, 커피 마시고 맥주도 마시고, 자고 일어나고, 그랬더니 주말이 찾아왔고 잊고 지낸 줄 알았던 시간은 알고 보니 임신 확인을 기다리는 시간이었다. 14일째 되던 날 아침, 내가 처음 한 일은 임신테스트기를 사러 약국을 가는 것이었기 때문이다.

미련 없다면서 종류가 다른 두 개의 테스트기를 사 왔다.

집에 와 변기에 앉았다. 소변을 묻히고 기다렸다. 시간이 조금 흐르고, 임신은 그렇게 변기 위에서 가느다란 두 줄의 선 모양으로 나에게 통보되었다. 얇고 선명한 두 줄 앞에서 믿기지 않아 흐릿한 것처럼 자꾸만 눈을 깜빡이고 크게 떠보기도 했다. 그러고는 비명이나 환호성, 실망이나 욕 대신 나지막이 혼자 속으로 생각했다.

'엄마야… 내가 엄마가 됐네.'

임신을 확인한 순간. 나는 기쁘지도 슬프지도 행복하지도 불행하지도 않았다. 조금 당황스럽기도 하고 놀랍기도 하고 뭐랄까 그 상황에 맞는 기분이 없었다. 지금까지 나는 임신해본 적이 없었으니까. 임신한 나는 처음이니까. 이런 기분이 처음이라서 뭐라 표현해야 할지 몰랐다. 그냥 기쁜 것 같으면서도 희한하고 이상했다. 임신은 나에게 비현실적이게도 현실이었다.

그날 밤 침대에 누워 괜히 한 번 배 위에 손을 얹어보았다. 모든 것이 말라가는 계절 가을이 다가오고 있는데 내 배 속에선 무언가 계속 움트고 있다고 생각하니 기분이 묘했다. 나에게 가을이 오는 걸까 봄이 오는 걸까. 조금은 헷갈렸다.

'동의하지 않아도 봄은 온다'고 했던가. 계절에 상관없이 나에게 찾아온 생명을 '봄'이라 생각하고 이제 내 배 속 씨앗에 물도 주고 햇빛도 주고 사랑도 주며 잘 키워야 한다. 그럼 배아는 태아가 되고, 그 태아는 배 밖으로 나와 신생아로 영아로 유아로 어린이로 커가겠지. 살면서 무언가를 길러본 건 몇 개의 화분 속 식물과 잠깐의 강아지와 고양이가 있었고 내 몸의 무언가를 길러본 건 손톱과 머리카락 정도인 것 같은데 이건 차원이 다른 육성이었다. 도대체 내 배 속에서 무슨 일이 일어나고 있는 건지. 나는 그 모든 세포분열과 착상과 형성과 발달을 알지 못한다. 엄마가 된 내가 겪게 될 많은 것들도 그럴 것이다.

　이상했다. 임신인 걸 확인하자마자 배가 나온 것 같았다. 하지만 그것은 같은 게 아니라 배가 나온 거였다. 어? 왜 이러지? 이렇게 임신 확인을 하자마자 3주 차부터 배가 나오나? 보통 임신 4, 5개월은 되어야 배가 나온다는데 나는 왜 이렇게 빨리 나오지? 피검사로 임신인 걸 확인한 후 다음날부터 배가 부풀어 올라 땡땡해지고 조금만 걸어도 숨이 차고 속이 답답했다. 임신한 지 한 달도 되지 않았는데 내가 입을 수 있는 옷은 쫙쫙 늘어나는 시폰 원피스뿐이었고 내가 할 수 있는 건 누워서 갑갑해하는 것뿐이었다. 임신 초기에 임신 막달을 경험하고 있었다.

과배란 부작용으로 배에 복수가 찼다. 보통 시간이 지나면 괜찮아진다고 하는데 시간이 지나도 안 괜찮다면 주사로 복수를 빼내야 한다고 했다. 처방전은 이온 음료와 소고기였다. 수분 섭취와 단백질 보충이 중요하다고 했다. 내가 받아본 가장 맛있고 비싼 처방이었다. 매일 1.5리터짜리 포카리스웨트를 마시고 등심과 안심을 구웠다. 씹고 맛보고 마시는 동안 다행히 배는 조금씩 줄어들었다.

복수가 빠지자 두통이 시작되었다. 정말 온종일 머리가 쑤시고 아팠다. 내가 할 수 있는 건 내 머리통을 부여잡고 누워서 내내 괴로워하는 것뿐이었다. 의사는 타이레놀 한 알 정도는 먹어도 괜찮다고 했지만, 혹시라도 약이 아이에게 안 좋은 영향을 미칠까 조심스러워 먹지 않았다. 지금 생각해보면 너무 미련했던 것 같다. 처음으로 생명을 품은 초기 임신부는 먹고 보고 느끼는 것 모두가 조심스럽다. 임신 초기 모든 임신부들은 검색창에 '임신 중'을 붙여 모든 걸 검색해본다. '임신 중 타이레놀' '임신 중 염색' '임신 중 수영장' '임신 중 무알콜 맥주'와 같은 검색 기록이 남았다. 결국 오랜 시간 괴로워하며 자력으로 두통을 견뎠다.

두통이 조금 나아지자 이번에는 '먹덧'이 시작되었다. 보통의 입덧은 냄새만 맡아도 헛구역질이 나 잘 먹지 못하는 반면, 나의 입덧은 허기를 참지 못하고 계속 무언가를 입에 넣어야 하는 증상이었다. 아침에 눈을 뜨자마자 흰쌀밥을 주걱으로 퍼먹었고, 하루에 딸기를 두 팩씩 먹었으며, 새벽 3시에도 일어나 밥을 차려 먹었다. 1일 1식도 자주 하던 내가 1일 5식을 하며 시도 때도 없이 밥상을 차렸다. 먹지 않으면 어김없이 '우웩'과 '우웁' 소리를 냈다. 신 것과 밥을 끊임없이 찾았다. 몸무게 앞자리가 두 번 바뀌었다. 증상의 종류와 상관없이 입덧이라는 건 땅에 서 있어도 뱃멀미를 계속하고 술을 마시지 못해도 숙취가 이어지는, 식용유 한 통을 목구멍에 부어놓은 것 같은 요상하고 억울하고 괴이한 증세였다.

임신 후기가 되자 이번엔 소양증이 생겼다. 피부가 미친 듯이 계속 가려운 증상. 둥글게 부풀어 오른 배가 계속 심하게 가려워 빨개지고 피가 날 때까지 벅벅 긁어댔다. 배 속 아이는 얼마나 시끄러웠을까. 낮에는 그나마 괜찮았지만 밤이 되면 심해졌다. 아이를 위해 긁지 않으려 장갑까지 껴봤지만 소용없었다. 가려운 건 긁어야만 조금 나아졌고 한 번 긁기 시작하면 계속 긁어야 했다. 나는 울며 만삭의 배를 부여잡고 하루빨리 출산하기만을 바랐다. 예견된 재앙보다 지금의 고난이 끔찍했기에, 소양증은 출산과 동시에 없어지는 게 아님을 모른 채, 아이를 낳고도 한동안 유축을 하며 또 벅벅 긁어댔다.

이 끊임없는 증상과 통증, 열 달 동안 매번 새롭게 등장했던 처음 겪어보는 고통들. 잉태는 얼마나 신비롭고 참혹한지. 행복에 바짝 붙어 있는 불행에 즐겁다가도 참 힘겨운 280일이었다. 초음파와 피검사, 내진과 주사, 눕기와 걷기, 긴장과 완화, 눈물과 웃음, 걱정과 기대.

모두 열 달의 '불행복'이었다.

목숨 걸고
새 목숨을 만나는 일

하이퍼 리얼리즘 제왕절개 후기

────────────────

저마다의 일생에는,

특히 그 일생이 동터 오르는 여명기에는

모든 것을 결정짓는 한순간이 있다.

《섬》, 장 그르니에

제왕절개의 날이 와버렸다. 드디어 아이를 만난다는 설렘과 드디어 내 배가 갈라진다는 공포가 뒤섞여 나는 웃지도 울지도 못했다. 웃는다고 괜찮아지는 것도 운다고 달라지는 것도 아닌 일이었다.

수술실로 들어섰다. 간호사들은 바빠 보였다. 애써 먼저 인사를 건넸다. "안녕하세요!" 개복을 앞둔 나는 어울리지 않게 밝게 말했다. "네. 수술대로 올라가 누우세요." 하긴 나는 처음 겪는 초산이지만 이분들에게는 매일 겪는 출산이겠지. 분만실. 그곳은 명랑한 산모보다 불안한 산모가 어울리는 곳이긴 했다.

굵은 링거 바늘이 오른 팔목 혈관에 꽂혔다. 보통의 주사와는 차원이 다르게 아팠다. 주삿바늘이 굵고 길었기 때문이다. 끄응. 힘주어 참았다. 나는 원래 아픔을 소리로 내뱉을 줄 모르는 인간이다. 뭐든 혼자 삭이는 데 선수다. 주사를 맞을 때도, 장이 꼬여 응급실에 실려 갔을 때도, 이별을 겪을 때도, 아프다고 표현하고 꺼이꺼이 울기보단 그저 입을 다물고 혼자 끄응 했다. 그러고 나면 모든 것은 끝나 있었고 나의 아픔은 덮여 있었다. 끄응 끄응 잘 참으면 된다. 이 수술도 그럴 것이라고 생각했다.

항생제 테스트 주사를 그 위에 한 대 더 맞았다. 한 번 더 끄응 했다. 주사는 아무리 잘 참아도 똑같이 아프고 이 주사는 더 아프고 나는 점점 더 무섭고. 그런데 더욱더 아프고 무서운 일들이 남아 있고. "혹시 간호사 선생님. 분만실에서 도망친 산모도 있었나요?" 그러자 간호사가 말했다. "왼쪽 옆으로 누우세요." 분만실. 그곳은 달아나겠다 농담하는 산모보다 무섭다고 진담하는 산모가 어울리는 곳이긴 했다.

이제 내 하반신은 곧 마취될 것이다. 먼저 출산한 친구는 말했다. 자기는 그 순간 너무 떨려 마치 한 마리 갓 잡아 올린 날생선처럼 수술대 위에서 의지와 상관없이 몸이 파닥파닥 날뛰었다고. 제어가 되지 않았다고. 다행히도 나는 몸 대신 심장만 날뛰었다. 그 순간에도 사람일 수 있었다.

이번에는 간호사가 배꼽을 보고 '새우 자세'를 하라고 했다. 겨우 사람을 유지했는데 새우가 되라니. 하지만 만삭의 배 때문에 몸을 앞으로 굽히기가 쉽지 않았다. 그러자 간호사가 내 무릎과 팔을 앞으로 맞잡아 몸이 강제로 둥그렇게 말리게 했다. 새우가 되었다. 배가 눌려 숨이 찼다. 이어 마취과 의사가 척추에 주사를 놓을 거라며 다리가 저릿하고 조금 아플 거라 했다. 끄응. 찌릿. 끄응. 쏴아. 끄응. 저릿. 끄응. 쩌릿. 척추 마디 마디에 주사를 맞으며 네 번의 끄응을 하고 나니 다리의 감각이 조금씩 없어지기 시작했다. 너무 아프고 이상하고 무서웠지만 잘 참았다. 그리고 그 순간 내 하반신은 하나의 고깃덩어리에 지나지 않게 되었다. 허리 아래로 감각이 서서히 없어지고 있었다. 몸을 돌려 천장을 보고 누웠다. 상체만 움직였다. 내 의지대로 움직이지 않는 두 다리를 간호사가 잡고 마저 돌려줬다.

간호사가 다리를 벌려 나의 '그곳'을 확인했다. "왁싱 하셨네요." 그렇다. 이 순간을 위해 나는 3개월 전부터 '임신부 올 누드 슈가 왁싱'을 했다. 출산 3대 굴욕이라는 내진, 관장, 제모 중 하나라도 덜 굴욕적이기 위해 의욕적으로 왁싱을 하기로 결심했던 것이다. 간호사가 출산 전 나의 그곳을 일회용 면도기로 급하게 슥슥 밀어주는 것보다는 차라리 내가 미리 말끔히 제거하는 것이 낫다고 생각했기 때문이다.

"소변줄 꽂을게요. 약간 느낌 이상하실 수 있어요." 이번 차례는 소변줄이다. 가느다랗고 긴 무언가가 그곳 속으로 한 없이 들어오는 느낌이 났다. 하지만 참을 만했다. 내 다리는 점점 더 고깃덩어리가 되어가고 있었기 때문이다. 이어 마취과 선생님이 차가운 솜을 팔뚝에 문지르며 말했다. "차갑죠?" 이번엔 허벅지에 문지르며 말했다. "어때요? 여긴 안 차갑죠?" 마취 완료. 이제 결전의 순간이 다가왔다. "혹시 수술 중 움직이시면 안 되니까 팔 좀 묶을게요." 결박이라니. 제왕절개는 배만 가르는 게 아니었다. 가르기 전까지 이 모든 과정들이 있었던 것이다. 거절도 사절도 거부도 도망도 저항도 할 수 없는 나는 그저 할 말을 잃을 뿐이었다.

담당 의사 선생님이 들어오셨고 금방 끝날 거라며 이제 시작한다고 말했다. 끄응. 끄응. 이 충격과 공포를 이겨보려 애써 심호흡을 하며 끄응 거려 보았지만 소용이 없었다. 이제 개복을 한다고 생각하니 정말로 수술실을 뛰쳐 나가버리고 싶었다. 그러기에 내 다리는 마취 상태였지만. 아무 의미 없는 생각을 하고 있는 순간. "자, 시작할게요." 소리와 함께 의사가 내 배 아래 부위를 왼쪽에서 오른쪽으로 가르는 느낌이 났다. 뭐지? 느낌이 난다. 아프지만 않을 뿐이지 생생히 느껴진다! 지금 내 배가 열리고 있구나! 이것이 개복이구나! 마취를 했지만 격렬히 느껴졌다.

이어서 가위로 의사가 그 속을 열심히 여러 번 자르기 시작했다.

나의 피부와 피하지방, 근막과 복막이 절개되는 동안 내 몸은 마구마구 흔들렸다.

안미옥 시인은 이렇게 표현했다. '제왕절개 수술은 근막과 복막을 십자 모양으로 잘라야 아기가 나오기 때문에 겉에는 가로, 안에는 세로로 한 번 더 절개하고 아기를 꺼내고 다시 꿰맨다. 그래서 통증도 가로 세로로 온다'고. (수술 후 무통 주사를 뗀 후 내 온몸엔 온갖 방향으로 종횡무진 통증이 찾아왔다.)

그러고는 왈칵. 미지근한 무언가가 다리 사이로 쏟아지며 흐르고 있는 것도 느껴졌다. 양수와 혈액, 내가 다 알 수 없는 분비물들이겠지. 이 모든 과정이 너무 공포스러웠다. 주사도 마취도 잘 참아왔던 나는 결국 흐느끼기 시작했다. 울어버렸다. "산모분 울지 마세요. 배 속까지 흔들려요." 갈라진 배 속이 흔들리기까지 하면 무슨 일이 일어날까. 정신을 차려보려 했지만 이미 나는 혼돈 상태였다. 이윽고 "으앙" 하는 아기 울음소리가 들렸다. 으앙. 나도 따라 울어버렸다.

"자, 아기 보세요!" 간호사가 내 얼굴 옆으로 아이를 들어 보여주었다. 아이는 세차게 울고. 나는 이 순간을 위해 모든 과정을 참았다. 세상에 나온 아이에게 내가 너의 엄마라는 것을 알려주려고. 우리가 배 밖에서 서로를 처음 만나는 그 순간, 인사도 하고 사랑한다는 말도 건네고 싶었다.

그런데 목소리가 나오지 않았다. 아무 말도 생각나지 않았다. "엄마야!" 이 한마디조차 하지 못했다. 나는 결국 갓 태어나 악을 쓰고 울고 있는 아기에게 아무 말도 하지 못했다. 이렇게 한마디도 하지 못할 거면 나는 왜 척추 마취를 했을까. '아가야 엄마는 사실 아나운서란다. 중저음의 목소리와 정확한 발음으로 너에게 사랑의 말을 해주려고 했단다.' 인생은 계획대로 되지를 않고, 내 직업이 제일 쓸모없었던 순간이었다.

갓 태어난 아이를 보고 아무 말도 하지 않는 나를 이상하게 생각한 간호사는 금방 아이를 데려갔다. 이어 후처치를 위한 수면 마취로 잠들기 직전에 감기는 눈을 애써 참아가며 다 죽어가는 목소리로 겨우 한마디를 힘겹게 내뱉었다.

　"애기… 건강한… 가요…?"

　잠이 들었다. 한 시간 후 눈을 떠보니 입원실로 이동하는 엘리베이터 안이었다. 사람들은 나를 '산모'라 불렀다.

　출산. 그것은 내 목숨을 걸고 새 목숨을 만나는 일이었다. 아기의 세찬 울음소리를 듣기까지 몸을 떨고, 고통을 참고, 차가운 수술대 위에서 혼자 오롯이 엄청난 충격과 공포를 견뎌야만 하는 일이었다. 수 시간의 진통도, 배를 가르는 수술도, 모두 내가 아닌 아기를 위해 참아야만 하는 것이었다. 하지만 이 모든 괴로움과 아픔은 시작에 불과했다.

　'엄마'라는 이름의 엄청난 서사가 동터 오르고 있었다.

3장

나의 딸에게

아이야 너는 알 수 있을까?

————————————

모르는 척하는 것도, 지나치게 표현하는 것도

모두 사랑의 모습이라는 것을 안다.

《어린이라는 세계》, 김소영

너에게 쓰는 편지는 가장 쉽고 어렵다. 네게 해줄 말은 너무 많고 없다. 널 생각하면 내 눈동자는 멈추고 입술은 붙는다. 널 생각하다 가만히 있고 널 떠올리며 갑자기 일어나 뛴다. 넌 날 머무르게 하고 움직이게 한다. 어느 시인의 표현을 빌려 '너는 나의 수수께끼. 너를 궁금해할 테지만, 굳이 풀지 않는 것. 널 수수께끼로 두는 것' 그것이 내가 너를 대하는 태도여야 할 것이다.

나는 엄마로 살 것이고 엄마로만 살지 않을 것이다. 나는 좋은 엄마가 될 것이고 나쁜 엄마가 될 것이다. 궁극적으로 나는 너에게 좋은 엄마가 아닌 좋은 어른이 되고 싶다. 이 글도 이 책도 너에게 조금 더 좋은 어른이 되고자 썼다.

글을 쓰고 책을 만들며 마지막까지도 걱정스러웠던 것은 단 하나. 바로 너였다. 이 모든 글은 너에게 빚졌다. 너를 생각하며 썼고 네가 읽는다면 어떨까 고민하며 퇴고했다. 그래서 더 어려웠다. 시간이 지나고 나면 이 책에 있는 모든 글자가 부끄러울 걸 안다. 나는 여기 있는 문장만큼 아프지 않을 것이고, 너는 영원히 기억하지 못할 어린 시기 어미의 고통을 이 기록으로 알게 될 것이다. 네가 자라 나중에 이 책을 읽게 된다면 어떨까. 엄마가 너를 낳고 죽고 싶었다고 써버린 이 글을 어떻게 받아들일까. 그저 바람이 있다면 엄마는 왜 나를 낳고 죽고 싶었냐고만 생각하지 않기를. 그 문장 하나에만 밑줄 긋지 않기를. 그렇다면 이 모든 활자는 잘못 쓰인 것이다. 너는 한때 나의 우울의 원인이기도 했지만, 새로운 사랑의 결실이기도 하다는 걸 이해할 수 있을까. 길고 긴 시간이 필요할 것이다.

너에게 전하고 싶은 나의 마음은 그럼에도 불구하고 단 한 가지 '포기하지 않았다'는 것이다. 이 모든 아픔과 우울 뒤엔 네가 자라고 있어 나는 결국 죽음보다 더 큰 힘을 냈다고. 이해해줄 수 있을까. 가장 큰 공포는 나보다 너를 잃는 것이어서 너를 잃지 않으려면 궁극적으로 나를 잃지 않았어야 했다고. 이해받을 수 있을까. 아프지 않으려고 아픔을 썼다고. 아이야 너는 알 수 있을까.

엄마는 너를 낳고 죽고 싶기도 했지만 너를 위해 끝까지 살았다고. 죽고 싶을 만큼 힘든 순간이 있었지만, 결국 네가 있어 내가 살았다고. 넌 날 새롭게 태어나게 했고 내 삶은 너로 인해 확장되었다고. 그 넓어진 세계 안에서 너와 함께 잘 살기 위해 치열하게 고민한 것이라고. 널 온전히 사랑하고 보듬기 위해 쓴 것이고, 아프지 않기 위해 아픔에 대해 기록한 것이라고. 김애란 작가의 소설 속 문장처럼 '너를 안고 나는 내 팔이 두 개인 것을 알았다'고 말해주고 싶다.

무엇보다 세상엔 고통을 치유하는 여러 가지 방법이 있는데 엄마는 그게 '쓰기'였다고 말하고 싶다. 말을 업으로 하는 내가 가장 편하고 쉬운 말 대신 가장 어렵고 품이 드는 글을 선택한 데는 이유가 있다. 혹시라도 네가 나중에 커서 네 마음을 써보는 일을 시도한다면 조금은 알 수 있을지도 모르겠다.

너에게 맛있는 밥을 해주고 예쁜 옷을 사주고 넉넉한 용돈을 주는 엄마도 좋지만, 네가 흔들릴 때 중심을 잡을 수 있는 말 한마디를 건네주고, 네가 깊은 고민과 슬픔에 빠졌을 때 함께 얘기 나눌 수 있는 사람이 되어주고, 너에게 가장 필요하지만 동시에 가장 필요 없는 사람이 되고 싶다. 너는 내가 만들었지만 내 것이 아니며, 너는 내가 키웠지만 스스로 자라기도 했다. 네가 어떤 사람이 될지 아무도 모르지만 어떤 사람이 되든 상관 없어 하도록 노력할 것이다. '부모 역할의 가장 큰 보상 중 하나는 자녀가 고유한 개성으로 꽃을 피우는 것을 지켜보는 것'이라고 어디선가 읽고 가슴에 새겨놓았다. 너는 나보다 나은 인간이, 멋진 존재가 될 거라는 걸 안다. 여부보다 중요한 건 믿음이니까. 내가 그렇게 너를 믿을 것이다. 그럼 아무 문제 될 것이 없다.

널 사랑한다 말하는 건 나에게 지극히 보편적이고 평범한 표현이므로 그 이상의 말을 찾다 침묵하게 된다. 너는 나에게 그 어떤 것과도 비교할 수 없는 절대적인 존재라서 묘사할 말이 현재로서는 없다. 그저 네가 너이길 바란다. 너를 향한 내 모든 돌봄과 훈육과 교육의 목적은 그것이다. 네가 너가 되어가는 과정을 진심으로 응원할 것이다.

네가 자라나기 위해 애써야 할 시간이 아주 많이 남아 있듯, 널 키우기 위해 내가 애써야 할 시간도 많이 남아 있다. 우린 각자의 위치에서 고단하고 벅찰 것이다. 잘 반복하고 해내고 함께 성장하자. 너와는 조금 다른 성장이겠지만 엄마도 너처럼 자라기 위해 노력하겠다. 네 팔과 다리가 길어지는 만큼 내 마음도 깊어지기를. 그렇게 늘어나고 커지고 성숙한 후 서로에게 고맙다 말할 수 있다면 가장 좋을 것 같다. 우리에게 사랑은 서로에게 고마운 것으로 기억된다면 좋겠다. 엄마 고마워. 딸아 고마워. 안녕. 함께 웃으며 인사하자.

딸아. 너는 나의 가장 깊은 이야기다. 너는 내 몸 가장 깊숙한 자궁에서 탄생한 이야기다. 널 품고 난 더 좋은 사람이자, 쓰는 사람이 될 임무가 생겼다. 기록하는 좋은 어른이 되는 것. 그것이 내 남은 생의 미션이다.

한 사람이 한 존재를 품고 낳아 키운다는
것은 기적에 가깝다. 모든 엄마는 그
기적을 이룬 존재라고 생각한다.
아이가 자라는 것도 기적, 아이를 키워내는
것도 기적, 두 기적이 만나 부모와 자식이
됨을 비로소 경험하며 알게 되었다.
나는 겨우 엄마가 되어간다.

빨래를 개키다가

우아하고 조용하게 내 방식대로 계속 쓰며 싸우고 싶다

나의 말들은 좌절에서 나온다.

《분노와 애정》, 수전 그리핀

빨래를 개키다가 노트북을 켰다. 아이를 낳은 후 내 사유는 자꾸만 집안일을 하며 일어난다. 화장실의 핑크빛 물때를 박박 문지르다가, 접으면 손바닥만 해지는 아이 옷을 보다가, 냉장고 안의 썩고 곰팡이 핀 반찬을 보다가. 집안일은 매 순간 나를 덮치고. 내 분노는 자꾸만 부엌과 화장실, 거실과 방에서 터진다.

커피를 마시고 쓴 글과 설거지를 하고 쓴 글은 결이 달랐다. 에세이 작가로 쓴 문장과 지친 엄마가 쓴 문장은 모두 내가 썼어도 한 사람의 손끝에서 나온 글이 아닌 것 같았다. 커피 냄새 밴 손과 고무장갑 냄새 밴 손은 한 사람의 팔목에 달려 있어도 다른 손이 되었다.

집 밖 일은 많으면 신경이 쓰이고 피곤할 뿐인데, 집안일은 많으면 짜증이 나고 화가 났다. 생각해보니 나는 종종 집 밖 일에서도 무료로 좀 해달라는 부탁을 받을 때가 있는데 그럴 때 짜증이 났던 것 같다. 가사노동. 지구 역사상 아주 오래된 한 분야의 노동이 여전히 무급으로 이뤄지고 있다.

그렇다고 빨래하고 청소할 때마다 돈 달라는 거 아니다. 보상은 자본뿐 아니라 인정으로도 이뤄지는 법이다. 출산 후 어쩔 수 없이 일을 그만두고 육아를 하는 친구들은 전화 통화에서 자주 말하곤 했다. "내가 이제 돈 안 벌고 집에서 노니까…."

나는 아이와 집에서 놀아'준' 적은 있어도 그냥 놀아'본' 적은 없다. 집 안에서도 해야 할 '일'은 넘쳐났기 때문이다. 세상 모든 주부, 엄마, 워킹맘 다 마찬가지일 것이다. 그런데 집안'일'을 전문으로 하는 전업주부인 여성은 왜 논다고 말하게 될까. 아마도 집안일과 육아를 노는 일이라고 여기는 사람들과 인식 때문일 것이다. 그릇된 것들도 양이 많아지면 보통과 평균이 된다. '오만과 편견'은 그렇게 만들어지는 건 아닐까. 그런 책 제목이 있다. '당신이 집에서 논다는 거짓말' 맞다. 그것은 새빨간 거짓말이다.

워킹맘이 된 나는 아이를 보며 일하는 다른 워킹맘들이 너무 대단하다고 생각하지만, 실은 더 대단한 존재는 전업주부라고 생각한다. 나는 육아를 하다 일로 도망쳐 숨도 쉬고, 돈도 벌고, 잠시 엄마를 벗어나 다른 사람이 되기도 하는데, 그들은 온종일 맞서고 매일 반복하고 있다. 강도에 비해 인정과 보상이 극히 적은 그 일을 오로지 사랑과 모성이라는 책임감과 애정으로 이어나간다. 워킹맘이든 그냥 맘이든 내가 엄마가 되니 다 맘이 쓰인다.

각종 수료증과 자격증이 난무하는 세상에서 주부의 가사노동을 인정해주는 게 이렇게도 힘든 일일 줄이야. 지난 2022년 제8회 전국동시지방선거 때 '남녀불문 전업주부의 가사노동에 대해 사회적 가치를 인정하고 국민연금을 지원하겠다'라는 한 후보가 있었다. 정치적 이념과 실현 가능성을 떠나 이런 공약은 지지하고 싶었다.

엄마가 된 이후 나는 자꾸만 글로 싸운다. 이 싸움이 무슨 소용이 있고 의미가 있나 싶지만, 어쩌면 지구에서 가장 예의 있고 평화로운 싸움 아닌가. 그렇다면 더 싸워야지. 아니 더 '써야지'.

아이 반찬 만들기와 맞바꾼 이 한 편의 글이 나라는 못 구할망정 '나'라도 구할 테지. 우아하고 조용하게 내 방식대로 계속 쓰며 싸우고 싶다. 나의 말들은 좌절에서 나오고, 앞으로도 나는 아프고 분노하고 슬플 것이므로.

내 글에선 콜드브루 커피 향과 묵은지와 아기 섬유유연제 냄새가 동시에 난다.

'모母 된 감상기'의 감상기

우회적으로 구속받았던 모성에 대하여

누가 우리에게 모성애를 가르쳤을까.

《다가오는 말들》, 은유

아이가 태어난 후 30일 정도 되었을 때 젖몸살에 시달리다 잠깐 새벽에 겨우 쪽잠을 자던 나는 이런 꿈을 꾼 적이 있다. 침대에 곤히 잠들어 있는 아이에게 다가가 두 뺨을 때리는 꿈이었다. 한 번이었지만 내가 어찌나 두 팔에 힘을 주고 내리쳤는지 꿈에서 깨자마자 너무 놀라 바로 아이에게 가보았다. 아이는 엄마의 꿈은 전혀 모른 채로 평화롭게 잠들어 있었다. 나는 오히려 내 뺨에 손바닥을 대보며 내가 도대체 무슨 꿈을 꾼 건지 그렇게 한참을 멍하니 서 있었다. 꿈에서 저지른 죄는 벌이 필요 없고, 사람은 누구나 어떤 일이든 무엇이든 꿈

속에서는 다 범할 수 있으면서도 이 이야기를 3년이 흘러서야 조심스럽게 적어본다.

원래도 잠귀가 밝고 혼자 자는 걸 편해했던 나는 심지어 내 아이일지라도 같이 자는 게 불편했다. 아이가 조금이라도 뒤척이거나 소리를 내면 매번 눈이 떠져 안 그래도 부족한 잠인데 그마저도 이루지 못했다. 아이를 재워놓고 조심히 까치발로 나와 다른 방에 이불을 펴고 혼자 잤다. 아이 옆엔 아빠가 있으니 그걸로 됐다. 그럼에도 가끔 아이가 새벽에 잠에서 깨 소리를 내면 바로 옆에 있는 아빠보다 다른 공간에 있는 내가 더 빨리 가 아이를 토닥일 때도 많았다.

누군가는 어떻게 엄마가 그런 꿈을 꿀 수 있냐고 꾸짖을까. 오죽하면 내가 그런 꿈을 꿨겠냐며 동조해줄까. 누군가는 어떻게 엄마가 자기 아이를 불편해하냐 물을까. 엄마도 그렇게라도 자야지 하며 편들어줄까.

신생아를 키우는 엄마는 왜인지 의식과 무의식을 막론하고 돌봄을 하며 사랑과 행복의 반대가 되는 것들은 품어서도 표현해서도 안 될 것만 같다. 우리는 엄마가 가지는 정신과 육체의 본능적인 성질인 '모성'이라는 것에 대해서 신성하고 위대하고 무엇보다 당연한 거라고 직접적으로 강요받지는 않았어도 우회적으로 구속받기는 했다. 겪어본 바 임신 열 달

동안 부풀어 오르는 배만큼이나 커지는 건 모성이 아닌 불안이었다. 사랑은 그다음이었다.

한국 최초의 여성 서양화가이자 작가, 시인, 여성운동가, 사회운동가였던 나혜석은 1922년 4월 29일 딸아이의 돌에 '모母 된 감상기'를 쓴다.

세인들은 항용(늘), 모친의 사랑이라는 것은 처음부터 모 된 자 마음속에 구비하여 있는 것같이 말하나 나는 도무지 그렇게 생각이 들지 않는다. 혹 있다 하면 2차부터 모 될 때에야 있을 수 있다. 즉 경험과 시간을 경하여야만 있는 듯싶다. (…)
그러므로 '솟는 정'이라는 것은 순결성 즉 자연성이 아니요, 단련성이라 할 수 있다.

빽빽 우는 울음소리만 좀 안 들었으면 고적한 맛을 더 좀 볼 듯싶으며, 이 방해물이 없으면 침착한 작품도 낼 수 있을 듯싶고, 자식으로 인한 피곤 불건강이 아니면 아직도 많은 정력이 있을 터인데, 오직 이것으로 인하여. 이렇게 절대의 필요의 반비례로 절대의 불필요가 앞서 나온다. 통성이 아니라 독단으로. 그럴 동안 나는 자식의 필요로 조그마한 안심을 얻었다.

모성이 '단련성'이라는 말, 아이가 있으면서도 아이가 없었으면… 하고 생각해보는 말, 수유를 하면서도 '살은 분명히 내 몸에 붙은 살인데 절대의 소유자는 저 쪼끄만 핏덩이로구나!'라며 '엄마'라는 존재와 역할에 대해 조금도 윤색하지 않은 문장들로 가득한 감상기가 1923년 1월에 한 시사주간지에 게재됐다. 그렇게 그는 최초로 진짜 여성의 관점에서 직접 겪은 솔직한 감정의 임신과 출산기를 발표하고 엄청난 세상의 비난을 받았다.

하지만 나혜석은 알까. 한 세기가 지난 후 2023년 어린 딸 아이를 키우고 있는 현대의 한 사람이 자신의 글을 읽고 우주만큼의 공감과 용기를 얻었다는 것을. 공부하고 싶고, 그림 그리고 싶고, 자유롭고 싶고, 여자이기 전에 먼저 사람으로 존중받고 싶어 하던 그 마음과 똑같은 생각을 품고 있는 100년 후의 엄마가 밤마다 아이를 재우고 자신의 글을 읽고 또 읽으며 힘을 냈다는 것을 알까. 100년 전이나 지금이나 엄마와 모성 앞에 붙어 있는 인식은 크게 달라지지 않았음을 알까. 열혈 독자가 있음에 기뻐할까 진보하지 않은 현실에 안타

까워할까. 아. 이런 선배가 언니가 엄마가 지금도 곁에 있었으면 좋겠다고 자주 생각했다. 이런 말들은 적어도 앞으로도 한 세기 동안은 계속 읽히고 쓰여야 한다고 느꼈다.

엄마가 된 후 나는 매번 아이와 엄마의 관점을 바꾼 말들이 귀했다. 육아를 하며 모성애를 재정의하는 말이 필요했고, 엄마로 여과되지 않은 진짜 사는 이야기가, 속마음이, 탄식의 숨소리가 언제나 궁했다. 그런 말들이 위로였고 안심이 되었기 때문이다.

아는 언니가 출산 후 아이가 30일쯤 되었을 때 보건소에서 간호사 선생님이 방문해 도움을 주셨다고 한다. 아이 상태를 살펴보겠다고 하시면서 엄마에게 태블릿PC를 줬고, 그 안에 영상을 보고 있으라고 했다. 그 영상의 내용은 이런 것이었다.

'아이가 울면 아이를 방에 두고 나와도 됩니다.'
'아이가 다 울 때까지 신경 쓰지 마세요.'
'육아하다 아이를 집어 던지고 싶은 마음? 정상입니다.'

어린아이가 울면 전전긍긍하며 바로 안아주고 아이가 괜찮아질 때까지 달래주었던, 그것이 모성애고 엄마의 역할이라 생각했던 세상의 모든 엄마들에게 이 영상을 보여주어야 한다. 육아할 땐 무조건 아이를 1순위로 두고 엄마가 많은 것들을 희생하고 감내해야 한다고 말하는 모성애는 필요 없다. 엄마는 신도 슈퍼우먼도 아니니까. 넘치는 모성애로 모든 걸 기다려주고 감싸 안아주는 육아? 불가능하다. 영상처럼 때로는 아이가 아닌 엄마의 상태가 괜찮아질 때까지 아이와 거리 두기를 하는 게 더 괜찮다고 알려주는 것이 우리에게 진짜 필요한 육아법이다. 그동안 모성애의 순서는 잘못됐다. 엄마를 돌본 후 아이를 돌봐야 한다. 나는 그렇게 생각한다.

나혜석은 '내가 어린애 기른 경험'의 글에서 말했다.

아이가 울면 울음소리에 따라 아파서 우는 것 같지 않을 때는 제가 울기 싫어서 고만둘 때까지 가만 내버려두었습니다. 어른이 밥만 먹고 운동을 아니 하면 병이 나는 것과 같이 어린애도 먹기만 하고 가만히 드러누웠으면 병이 날 것입니다. 그러므로 어린애가 손을 떨고 발버둥을 하여 우는 것은 자연이 시키는 운동법인 줄 압니다.

제가 넘어지거든 꼭 제가 일어나도록 하여야 합니다.

젖을 늦도록 먹이는 것이 좋다고 하지마는 내 경험상으로 보면 모체가 휘질(시달려 기운이 빠질)뿐이요, 어린애도 주접만 질 따름이외다.

정결한 것과 질서 있는 것을 가르칩니다. 또 가르치는 대로 되는 것이 재미스럽습니다.

나는 이상과 같이 냉정한 태도를 자연에 맡기어 아이를 길러 갑니다.

엄마로 조바심이 날 때마다, 엄마로 지쳐 한숨이 날 때마다, 엄마로 자꾸만 스스로를 자책할 때마다, '엄마는 이래야 한다'는 내용의 너르고 널린 서점의 육아서가 나를 압박할 때마다 나는 나혜석의 글을 읽는다. 그의 표현처럼 엄마로서 삶의 '의미와 자유와 평등'이 있기를 바란다.
'사람은 개인적으로 사는 동시에 사회적으로 사는 것이 사는 맛이 있으니까. 좋은 창작을 발표하여 사회적으로 한 사람이 된다면 더 기쁜 것이 없는 것이야.'
아이를 키우며 맛있고 기쁘게 살고 싶다.

침묵은 이 영역에 너무 오랫동안

붙어 있었던 게 아닐까.

안미선 작가는 썼다. '할 말이 없어서

침묵하는 여성은 없다'고.

'그렇게 말해도 된다는 것을 누구도

알려주지 않았고, 외롭게 품고 있던 오래된

말들이라 침묵하고 있을 뿐'이라고.

———————————

아픈 엄마가 아닌
건강한 엄마로 살아가기

우울이 산후를 만나면

좋은 엄마란, 완벽한 엄마가 아닙니다.

그러나 자책하는 엄마도, 포기하는 엄마도 아닙니다.

최강록 정신건강의학과 전문의

임신과 출산을 넘어 육아라는 '대서사'를 겪고 있는 나는 깊은 산후우울증을 앓았다. 수많은 굴곡을 지났고, 이제 내 우울은 증세라기보다 가끔 찾아오는 기분이 되었다. 묻어두며 울지 않고 꺼내어 말하고 쓸 수 있게 되었다. 아이가 자라는 만큼씩 다행히 우울은 줄어들고 있다.

누군가를 이해하는 데는 경험만큼 좋은 것도 없어서 내가 엄마가 되어보니 이제야 이 세계를 겨우 알게 되었다. 이제 나는 길을 가다 마주치는 수많은 사람 중에 배가 볼록한 임신부와 유아차를 끌고 가는 엄마, 아이 손을 잡고 걸어가는 누군가의 모습이 더 눈에 들어온다. 내가 겪은 시간을 살고 있는 사람들과 겪어야 할 시간을 먼저 살아본 사람들에 대한 이해와 존경이 생겼다. 그래서 보탬이 되고 싶고 도움을 받고 싶기도 하다. 이 글은 임신해 출산을 앞두고 있거나 출산해 우울증을 겪고 있는 사람들에게 도움이 되고 싶어 쓰는 활자로 된 마음이다.

2021년에 발표된 한 신문사 설문조사에 따르면 출산 후 산후우울증을 포함한 우울감을 경험한 여성은 75.1%로 나타났다. 2020년 기준 국회보건복지위원회의 자료에도 보면 보건소에서 산후우울증 고위험군으로 판정받은 산모는 8,291명으로 2년 전보다 2배 이상 증가했다. 출산한 여성 10명 중 2명은 산후우울'증'을 앓는 것이다.

개인적으로는 수치는 실제를 다 담아내지 못한다고 생각한다. 정도와 기간의 차이일 뿐 대부분의 여성은 아이를 낳고 우울감을 느낀다. 내 주변 모든 이들도 그랬다. 그런데 아직도 여전히 산후우울증을 제대로 치료받은 산모는 드물고 '우울하다' 이야기하는 것조차 꺼려진다. '모두 병들었는데 아무

1
4
1

도 아프지 않았다'는 이성복 시인의 시구처럼 모두 우울을 품고 있는데 아무도 아프지 않다고 말하는 게 여전한 현실이다. 그냥 우울증도 마찬가지다. 너무도 흔하지만 나는 아니라고 자신마저도 부정하고 싶은 증상. 아마도 유별, 예민, 이상異常이라는 인식이 우울이란 단어 앞에 여전히 따라 붙어 있어서 그런 건 아닐까.

우선 산모는 일종의 환자라고 생각한다. 자연분만이건 제왕절개건 처음 여성의 몸에 수정란이 착상해 배아에서 태아로 열 달의 발달과정을 거쳐 배 밖으로 나오기까지 엄청난 신체 변화와 증상, 고통을 거친다. 출산 후 호르몬 변화와 함께 인대와 관절은 다 늘어나 있고 회음부 손상 혹은 개복으로 인한 통증 등으로 일상생활을 하는데도 어려움이 많다. 똑바로 걷거나 앉아 화장실에서 볼일을 보는 것 자체가 고통이 될 줄은 나도 몰랐다.

그런 상태에서 신생아 돌봄이라는 일생일대의 미션을 수행해야 한다. 나 또한 갓난아이를 안고 집에 처음 왔을 때 느꼈던 감정은 행복과 환희가 아니라 허둥지둥과 우왕좌왕이었다. 이 작고 여린 생명체 앞에서 이제 내가 어떻게 해야 하는 건지 당황스럽고 걱정돼 뭘 해야 할지 몰랐다.

내 목숨을 걸고 새 목숨을 만난 엄마는 출산으로 지친 몸으로 힘이 하나도 없는데 갓 태어난 생명 앞에 가장 힘을 내야 하는 시기를 맞이한다. 두세 시간 간격으로 먹이고 끊임없이 우는 아이를 안고 달래고 보살피느라 엄마는 먹지 못하고 자지 못하고 쉬지 못한다. 눈을 뗄 수 없고 곁을 떠날 수 없는 아이 앞에서는 제대로 볼일을 보는 일도 어렵고 밥 한 끼를 챙겨 먹는 것과 현관문을 열고 밖에 나가는 것도 어렵다. 집이 감옥같이 느껴진다. 먹고, 자고, 싸는 인간의 가장 기본적인 욕구조차 충족이 잘 안 되는 하루하루가 반복된다.

아이를 먹이고 씻기고 재우느라 엄마는 먹지 못하고 씻지 못하고 자지 못한다. 집에서 가장 더러운 건 내 몰골 같고, 아이를 낳기 전까지만 해도 내 커리어를 위해 일하고 돈 벌고 사회 속에서 관계 맺고 인정받고 활동했던 한 여성은 한순간 이 모든 움직임과 교류가 끊어져 버린다. 세상과 단절된 느낌을 받는다. 무엇보다 지금의 이 상태가 계속될 것 같은 두려움에 휩싸인다. 다시 일할 수 있을까? 다시 예전으로 몸도 마음도 회복할 수 있을까? 아이를 낳고 잘 살아가야 하는데, 잘 살 수 있을까 의심하게 된다. 아프고 힘이 들고 막막해서다.

신생아를 키우는 시간은 마치 출구 없는 원을 무한히 도는 것 같았다. 아이를 안고 세상과 고립된 느낌. 그 원을 따라 우울이라는 테두리가 쳐진다. 우울이 산후를 만나면 갓 태어난 생명이 기쁨이 아닌 절망이 될 수도 있다.

문제는 산후우울 앞에 엄마는 이 우울을 드러내거나 치료하기보다 감추고 그냥 견딘다는 것이다. 다들 잘 키우는데 나만 유별난 것 같아서, 모두 새 생명 앞에 웃고 행복해하고 축하해주는데 그 앞에서 슬픔과 고통과 우울을 얘기하는 게 어려워서, 당연히 이렇게 버텨야 하는 거라고 생각하기 때문에. 나도 내 우울을 온전히 받아들이고 꺼내기까지 천장과 벽을 보며 울고 삶보다 죽음을 더 많이 생각했던 수많은 낮과 밤이 있었다.

신생아를 키우는 모든 가정의 상황과 환경은 다 다르다. 독박육아를 원해서 하는 사람이 몇이나 될까. 한 번씩 조부모의 도움을 받을 수는 있어도 손자 손녀를 키워줄 의무가 있는 건 아니고 멀리 살거나 각자의 사정에 의해 도움받지 못할 수 있다. 산후도우미는 비용이 들고 영원히 쓸 수 없다. 또 내가 아이를 낳을 때 내 친구와 지인도 함께 다 같이 아이를 낳지 않는다. 다 같은 시기에 결혼하지 않는 것처럼. 시대는 달라졌고 편리해진 것도 어려워진 것도 동시에 늘어났다.

'나'만 그런 게 아니고 세상에 당연한 건 없다. '신생아 육아'는 살아오면서 제일 아프고 지친 상태에서 제일 난이도 높은 일을 하는 것과 마찬가지다. 어렵고 기운 빠지고 포기하고 싶기도 하고 우울해질 수밖에 없다. 사람의 상태에 따라 그 정도가 더 깊어질 수 있다. 그러면 도움받고 치료받아야 하는 것이다. 나아질 방법을 남편과 가족 혹은 맘 터놓을 수 있는 누군가 그리고 전문의와 함께 찾아야 한다.

산후우울증과 관련해서 한 정신건강의학과 전문의는 말했다. '우리가 우울증 상태에서 가장 먼저 잃어버리는 것은 사람을 사랑하는 능력이기 때문에 아이를 사랑할 수도, 아이와 교감할 수도 없게 되어버린다'고.

그러니 나는 아이를 갓 낳은 산모에게 찾아오는 우울감이 아이를 키우는 엄마의 우울증으로 번지지 않기를 간절히 바란다. 그러기 위해서는 남편도 가족도 그리고 본인 자신도 그 힘겨움을 인식하고 알아채고 이해하며 나아질 수 있는 구체적인 방법을 고민해야 한다. 어떤 상태인지 서로 묻고 답하고, 육아를 분담할 수 있는 실질적인 수단을 마련하고, 필요하다면 관련된 상담과 치료를 시작해야 한다.

지금도 어느 집 안에서는 아이를 안고 울고 있을, 흐르는 시간과 무관하게 홀로 우울을 안고 멈춰 있을 산후우울증을 겪고 있는 누군가를 위해 내가 지나온 우울의 시간을 뒤돌아본다. 울기만 하는 건 우울의 가장 대책 없는 대책이었다.

아이는 선명하게 축복이고, 기쁨이고, 사랑이지만 그 과정에는 더 뚜렷한 고통과 통증과 눈물이 있었다. 본인도 주변인도 그 괴로움을 유별나다, 예민하다, 이상하다 여기지 않아야 한다. 충분히 그럴수 있다. '산후우울증에 걸렸다고 해도 그것은 여러분이 엄마 자격이 없는 것은 아니다'라고 정신건강의학과 의사도 말했다.

우리는 모두 아픈 엄마가 아닌 건강한 엄마가 되어야 한다. 엄마도 아이도 새롭게 주어진 생을 함께 잘 살아야 한다.

산후우울증,
어떻게 치료해야 할까?

원망과 자책 대신 상담과 도움이 필요한 일

─────────────

나는 치료가 필요했으나,

인생을 해석할 권한을 누구에게도 넘기고 싶지 않았다.

정신과에서 듣는 얘기든 심리 상담에서 듣는 얘기든,

이는 판단의 자원으로만 남길 바랐다.

《미쳐있고 괴상하며 오만하고 똑똑한 여자들》, 하미나

산후우울증 치료를 위해 처음으로 집을 나섰던 것은 출산 후 7개월 때였다. 우울감은 아이를 낳고 바로 찾아왔고 독박 육아를 하며 우울증으로 깊어졌지만, 그때는 상담을 받는다 거나 약을 먹어야겠다는 생각조차 하지 못했다. 괴로워만 했 다. 어떤 것에 매몰되어 있을 때 우리가 할 수 있는 건 그 안에 갇혀 있는 것뿐이다. 신생아를 놓고 현관문을 열고 나가기엔 아이는 너무 자주 울었고, 곁을 떠날 수 없었고, 나도 아프고 기운이 없었다.

무엇보다 이 우울을 어디로 가서 어떻게 치료해야 할지 막막했다. 태어나 내과 치과 정형외과 안과 등 다양한 종류의 병원은 가봤어도 정신건강의학과는 한 번도 가본 적이 없는데 살아오며 가볍게 우울했던 적은 있어도 우울이 병이 되었던 적은 없었는데 어떻게 해야 하는지 너무 막막했다.

안 그래도 아이 돌봄 자체만으로도 버거운데 치료받을 병원을 알아보고 예약하고 찾아가는 것도 다 일이었다. 출산 직후 상담사가 집으로 찾아왔거나 도움받을 곳이 정해져 있다거나 누군가 아이를 받아주고 내 손을 잡고 병원으로 데려다주었다면 나는 더 빨리 나을 수 있지 않았을까 생각한다. 우울은 본인 자신도 끊임없이 의심하고 인정이 어렵고 자책하는 병이라 옆에서 알아채주고 끌고 가주는 강제적 도움이 필요한 일이다.

모든 일의 초기 이행단계가 그렇듯 검색해보는 일부터 시작했다. '산후우울증 치료' '정신건강의학과' 누군가의 상담센터 방문기부터 집에서 제일 가까운 병원까지 그러다 휴대전화를 끄고 또 우울해했다. 아이가 울기 시작했기 때문이다.

한숨을 쉬고 아이를 안아주었다. 내 우울은 자꾸만 돌봄에 밀려 하찮은 것이 됐다.

엄마가 우울하기란 얼마나 난감한 일인가. 수유와 유축, 트림 시키기와 재우기, 아이의 눈물과 웃음 앞에 모두 멈춰야 하는 것이었다. 일상을 모두 멈춰야 할 만큼 심각한 중증의 우울이 아닌 이상 일과 앞에 우울은 자주 밀려날 수밖에 없다. 아파도 티 나지 않고 함부로 티 낼 수 없어 더 괴로운 일. 우울과 함께 살아가는 일이다.

내가 처음 찾아간 곳은 '중앙난임, 우울증상담센터'였다. 좌절과 검색을 반복하다 발견한 곳이었는데, 보건복지부에서 위탁해 국립중앙의료원에 개소한 곳으로 난임부부와 임산부, 산모, 양육모를 위해 상담을 해주는 기관이다. 무엇보다 상담 비용이 '무료'다. 나는 알고 있다. 우울한 사람은 내 우울을 치료하기 위해 스스로 방법을 찾다가 우울해지고, 시간당 10만 원이 넘는 상담 비용 앞에서도 또 우울해진다는 것을. 우울은 나아지려고 하는 시도 속에서도 자주 마음이 꺾이는 일이다.

우울증을 치료하는 방법에는 크게 상담과 약물치료가 있는데, 우울은 일종의 외상이 아닌 내상이기에 상담이 필요하고 중요하다. 그런데 일부 정신건강의학과에 갔다가 의사의 말이나 태도에 오히려 상처를 받고 오는 사람들도 있다. 나 또한 큰맘 먹고 내 돈 들여간 병원에서 혹시나 실망만 안고 온다면 우울은 더 깊어질 것 같았다. 어느 병원에 어떤 의사가 좋은지 알아볼 인맥과 기력이 없으니 돈도 들지 않고 나와 비슷한 산후우울증을 겪고 있는 사람들을 전문적으로 상담해주는 곳이 낫겠다 싶었다. 전화 상담도 진행하고 있었지만 나는 직접 가고 싶었다. 설령 상담으로 내 우울이 나아지지 않는다고 해도 오며 가며 쐬는 바깥공기와 잠시 아이와 떨어져 있는 시간이 지금 나에게 가장 필요하다고 생각했기 때문이었다.

상담사 선생님은 잘 왔다고 말해주었다. 내 우울을 반갑게 맞이해주는 곳. 내 우울이 밀려나지 않는 곳. 우울 때문에 얼마나 우울한지 마음껏 얘기할 수 있는 곳. 경험해보니 그곳이 바로 '상담센터'였다.

심전도를 통한 자율신경균형과 스트레스 검사도 받았다. 검사 결과를 살펴보니 스트레스 지수가 높고 자율신경 기능 저하로 인체 조절 능력이 저하된 상태, 부교감 신경이 과활성화된 상태로 정서적으로 우울함, 나른함, 의욕 저하를 느낄 수 있는 상태라고 종이 위에 명확히 도표로 나타나 있었다.

그런데 이상하게 검사 결과가 좋은 것도 아니었는데 마음이 좀 편안해졌다. 그동안 계속 내가 왜 이럴까 자책하고 의심했는데 정확히 진단을 받으니 생각이 깔끔해졌다고나 할까. 검사결과지가 우울인증서 같았다. 받아들일 수 있게 됐다.

한 시간의 상담 시간 동안 내 상태에 대해 많이 말하고 더 많이 울다 왔다. 상담사와 얘기를 나누며 출산 후 매 순간 아이의 상태를 살피느라 그동안 내 상태는 전혀 살피지 못했었다는 것을 알게 됐다. 내가 나를 알아보는 것이 내 우울을 다루는 시작이 되겠구나 싶었다. 상담이 끝난 후에는 병원 옆에 있는 카페에 들러 꼭 따뜻한 커피 한 잔을 마시고 왔다. 대화와 외출, 음료 한 잔, 내가 스스로 처방한 우울증 약이었다.

우울은 슬픔과 어려움이 해결되지 못하고 마음의 바닥에 남아 있는 거라서 그걸 꺼내기만 해도 많이 좋아질 수 있다. 속 깊은 얘기는 때론 가까운 사람보다 남 앞에서 오히려 쉽게 나올 수도 있고, 상담센터라는 곳은 그 이야기를 들어주기 위해 모든 준비가 된 상담사가 있는 곳이다.

단, 상담할 때 한 가지 중요한 건 상담사는 해결사가 아니라는 것이다. 상담만으로 내 우울의 수습과 상황의 변화를 기대해서는 안 된다. 우선 내 상태와 마음을 말해보는 것과 생각해보는 것에 초점을 둬야 한다. 상황을 바꾸는 게 아니라, 상황을 바라보는 내 마음을 바꾸기 위해 상담이 필요한 거라고 생각한다.

중앙난임, 우울증상담센터에서는 필요하거나 원할 시 정신건강의학과 의사와의 면담과 약 처방도 함께 받을 수 있다. 나도 정신과 선생님을 만나 상담했던 시간이 있었다. 상담을 위해 정기적으로 외출을 하고 속 얘기를 털어놓으니 조금씩 숨통이 트였다. 우울이 없어지진 않았지만, 우울을 견딜 수 있는 힘이 생겼다.

내 우울을 얘기하고 싶은데 어디로 가야 할지 누구에게 말해야 할지 막막하다면 나처럼 이곳을 찾아가 보는 것도 한 방법이 될 수 있다고 생각한다. 참고로 2023년 10월 기준 서울, 경기, 경기북부, 인천, 경북, 대구, 전남 이렇게 총 일곱 곳의 권역센터가 있는데 거리상 가기 힘든 상황의 분들은 전화 상담으로라도 도움받기를 권한다. 물론 집 근처나 알아본 곳의 정신건강의학과를 가는 것도 방법이 될 것이다.

산후우울이 모성애의 부족이나 엄마의 자질이 모자라서 생기는 증상이 절대 아님을 알고 엄마 스스로도 자신의 우울에 '나는 왜'를 붙이지 않기를 바란다. 원망과 자책 대신 상담과 도움을 선택해야 한다. 중요한 건 누군가에게 내 우울을 말해보는 시도를 해보는 것. 그것에서부터 우울은 조금씩 치료되기 시작한다.

우울을 벗어나는 과정

지겨워하기, 감각에 집중하기, 회복하고 복귀하기

나는 이제 곧 부활할 것이다.

금세 죽을 것이며

나는 자꾸만 다시 태어날 것이다.

《나는 내가 싫고 좋고 이상하고》, 백은선

산후우울증의 가장 큰 원인은 '산후'니까 이 우울증을 극복하려면 산전의 상태로 회복하려는 노력이 중요하다고 생각했다. 물론 아이를 낳기 전과 똑같은 상태로 돌아갈 수는 없지만, 내가 아이를 낳고 가장 많이 변했고 힘들어했던 게 무엇인지 먼저 생각해보았다.

가장 많이 변한 건 '몸'이었다. 안 아픈 곳을 찾기가 힘들 정도로 망가져 버린 내 몸. 움직일 기운도 없고 여기저기가 다 아프니 보약과 진통제, 수액과 파스에 의지한 채 자주 누워만 있었다. 사실 무겁고 아픈 몸으로는 누워 있는 게 아니라 쓰러져 있는 거였다. 침대에 드러누워 천장을 응시하다 보면 고통은 더 세밀하고 강하게 느껴졌고 삶의 의욕도 함께 널브러졌다. 오랫동안 내 몸을 추스르지 못하고 축 처져 있었다. 한동안 그렇게 가라앉아 있는 시간을 살았다.

우울증이 심했을 때 내가 바랐던 건 단 하나였다. 내가 이 우울에 잠식되지 않고 질려버리길. 그래서 끊임없이 이 우울을 싫어했다. 계속 계속 싫어하다 보면 넌더리나겠지. 정떨어지고 지긋지긋해지겠지. 그러면 이 우울에서 달아날 수도 있겠지 싶었다. 시간이 지나 다행히 나는 이 우울이 지겨워졌고 세상에 끝도 없는 건 우주뿐임을 알게 되었다. 그때부터 조금씩 벗어나려는 노력도 시작할 수 있었다.

처음 늘어진 마음을 다잡고 침대에서 일어나 내가 가려고 했던 곳은 저 멀리 어딘가도 집 밖도 아닌 화장실이었다. 화장실로 가자. 뜨거운 물로 샤워를 하자. 다짐하는 것부터 시작했다. 생각이 아닌 '감각'에 집중하다 보면 마음이 달래질 때가 많았다. 일부러 거품을 많이 내어 내 몸 구석구석을 오래오래 문지르려고 했다. 아픈 내 몸을 어루만지며 쓰다듬고 살폈다. 바디워시와 뜨거운 물로 내가 나를 달랬다. 적어도 그동안 나는 아픈 사람이 아니라 씻는 사람이 되었으니까. 몸을 어루만지면 마음도 같이 쓰다듬는 것처럼 느껴졌다. 또 오랫동안 식욕이 없는 시기를 겪으며 너무 기운이 없어지자 그제서야 끼니를 거르거나 대충 때우지 않고 내가 지금 먹고 싶은 게 무엇인지 집중해 맛있는 걸 찾아 오래오래 먹으려고 노력했다. '지금 뭐가 먹고 싶지?' 내가 나에게 물었고, '나 이게 먹고 싶어' 남편에게 말했다. 뜨끈하고 제철인, 무엇보다 내가 원하는 맛있는 음식 앞에서는 웃음이 났고 먹고 난 후에는 기운이 났다.

그렇게 점점 일상의 자극에 집중하려는 노력을 아주 아주 조금씩 늘렸다. 아파서 누워 울기만 했던 내가 요가 매트를 깔고 스트레칭을 하고, 몸도 맘도 움직이지 않고 멈춰 있던 내가 운동화를 신고 집 앞을 걷고, 마음을 닫고 입을 다물었던 내가 친구에게 전화를 걸어 대화하고. 씻고, 먹고, 걷고, 말하는 감각에 집중하는 동안 우울은 어김없이 옅어지거나 잠시 잊혔다.

물론 우울이 심했을 때는 이런 것들이 가장 힘든 일이었다. 그저 창문을 닫고 커튼을 치고 이불을 뒤집어쓰고 우는 일밖에는 할 수 없었다. 그러니 울고 울고 또 울다가 눈물을 닦으러 세수하러 가는 것부터 마음먹어야 한다. 처음부터 우울증을 극복한다고 운동부터 하려 하지 말고, 침대에서 화장실로 걸어 나가는 것부터 해야 한다. 가장 중요한 것은 절대 우울한 나를 계속 내버려두거나 익숙해해서는 안 된다. 우울을 극복하기 위한 과정에도 감당 가능한 범위와 순서가 있다.

가장 많이 힘들었던 건 '일'이었다. 출산 전 10년 차 아나운서였고 막 첫 책을 출간해 작가가 된 나는 말하고 쓰는 기쁨에 가득 차 있었다. 오랜 경력을 계속 이어가고 싶었고 새로 시작한 일도 잘 이어가고 싶었다. 하지만 출산은 나에게 모든 걸 차치하고 엄마가 되라고 했다. 아이를 낳았으니 어쩔 수 없는 수순이었고 예상은 했지만, 그 상실과 공백 앞에 많이 두려웠다. 엄마로 사는 건 나의 선택이었지만 엄마로만 사는 건 내가 원하는 게 아니었다.

물론 프리랜서였기에 간간이 들어오는 일도 하고 드문드문 글도 썼지만, 항상 육아에 밀려 제대로 하는 건 아무것도 없는 것 같았다. 아이는 무럭무럭 자라나는데 나는 무럭무럭 늙어가는 것 같고. 이렇게 닳고 닳아 내가 없어지는 건 아닐까. 두려운 마음에 나에게 묻기 시작했다. 나는 언제 제일 힘이 났더라? 나는 언제 가장 반짝였더라? 그래. 나는 내가 좋아하는 일을 할 때 가장 힘이 났지. 힘이 나야 힘을 내서 내 새끼 잘 키울 수 있지. 몸은 회복시키고 일은 복귀하자. 나는 아나운서이자 작가, 선생님 그리고 엄마다. 나에게 상기시켰다.

임신 전 나갔던 아나운서 아카데미에 연락해 강의를 다시 하고 싶다고 말했다. 집에서 학원까지 왕복 네 시간 가까운 거리가 엄두가 안 났지만 먼 거리보다 당장의 일이 더 급했다. 하루 일하고 오면 며칠 동안 몸살을 앓았다. 그 전엔 아프면 쉬면 됐지만, 이젠 아프다고 아이를 보지 않을 수 없게 됐으니까. 그래도 약 먹고 다시 일했다. 선생님이 되어 기 받고, 받은 기로 아이 똥 기저귀를 갈아주었다.

더디게 내 글도 쓰기 시작했다. 한 편의 글을 한 달 가까이 걸려 쓰고 나면 돈을 받는 것도, 어딘가에 내놓아지는 것도 아닌데 이상하게 기분이 좋았다. 써진다는 건 무너진 내가 복구됐다는 증거 같았다. 허물어진 마음을 쓰자 내가 일어설 수 있었다. 다시 쓰기 시작하며 다짐했다. 나는 대작가가 되려고 쓰는 게 아니라 다시 예전의 평범한 내가 되려고 쓰는 것이라고. 쓰고 읽는 동안에는 엄마가 아니라 내 글의 작가이자 독자가 되었다. 내 마음을 정리해 들여다볼 수 있었다. 그게 좋아 또 썼다.

마지막으로 다시 방송을 하고 싶었다. 일을 시작하고 글을 써도 자꾸만 예전의 나를 그리워하는 내가 남아 있었다. 카메라 앞에서 가장 빛났고 에너지 넘쳤으니 그 일을 꼭 다시 하고 싶었다.

아나운서 준비생들을 가르치며 아나운서 모집 공고를 살폈다. 몇 번의 서류접수를 했지만 통과된 적은 없었다. 이력서에 이름 석 자를 쓰면 괄호 하고 (엄마) 라고 자동으로 적히는 것 같았고, 경력을 다 입력하고 나면 맨 윗줄에 '2020년 출산'이라고 남는 것 같았다. 84년생이라는 생년월일 칸 앞에서도 매번 망설여졌다. 서른여덟에 방송사에 입사한 '엄마' 아나운서가 있던가. 자꾸만 내 실력과 경력을 잊은 채 엄마라는 사실에 주눅이 들었다. 왜 그래야 할까. 내 잘못인가. 사회 문제인가. 세월의 탓인가. 엄마가 엄마라서 움츠러들지 않아야 하는데. 엄마인 각자와 엄마가 아닌 모두의 노력이 필요할 것이다.

제발 한 번만 서류가 통과되길 간절히 바랐다. 서류만 통과된다면 내 모든 힘과 경력과 실력을 펼치리라 다짐했다. 쓰고 좌절하고 또 쓰고 낙담하던 어느 날 아이 이유식을 먹이고 있는데 전화가 왔다. 서류합격 전화였다. 1차만 통과됐을 뿐인데 마치 최종 합격을 한 것 같은 기분이 들었다. 기회는 희망이며 가장 큰 동력이다. 남편에게 아이를 맡기고 집 앞 카페에서 열심히 시험 준비를 했다. 커피를 석 잔째 시키자 사장님이 쿠키를 서비스로 주셨다.

2차 카메라 테스트 때 시험장에서 아끼는 제자를 만났다. 순간 내가 지금 뭐 하는 짓인가. 제자와 준비생들에게 이 자리가 가야 하는 건 아닌가 괜히 미안해졌다. 하지만 이번엔 나도 누구보다 간절했다. 미안함을 뒤로하고 뉴스 원고 연습을 했다.

3차 면접 때 말했다. "지원자 중 아마도 제 나이가 가장 많을 거로 생각합니다. 하지만 경험은 더 많고 실력은 더 더 많습니다. 저는 제 나이 때문에 조금 주눅이 들 때마다 아버지를 생각합니다. 저희 아버지는 일흔두 살의 나이에 이력서를 쓰고 면접을 봐 당당히 합격해 아파트 청소원으로 근무하고 계시기 때문입니다. 저도 그런 아버지를 보고 다짐했습니다. 나도 일흔 살이 될 때까지 내가 하고 싶은 일과 할 수 있는 일에 도전하겠다고요."

면접을 볼 때 아빠가 생각났던 건 내가 엄마가 됐기 때문이었을까. 그날의 아빠도 나처럼 간절했을까. 아마도 그랬겠지. 결국 나도 서른여덟의 나이에 이력서를 쓰고 면접을 봐 당당히 합격해 다시 아나운서가 되었다.

나중에 들은 이야기지만 서류 통과 후 나이 때문에 큰 기대를 받지 못했던 나는 카메라 테스트와 면접에서 만장일치로 1등으로 뽑혔다고 했다. 지원자 수는 420명이 넘었다고. 1차 서류 접수에는 이력서와 뉴스 진행 동영상을 접수했는데, 실력 있는 사람을 뽑기 위해 블라인드 면접으로 나이와 스펙이 아닌 동영상의 진행 모습과 경력을 먼저 봐준 피디님이 있었기에 서류 통과가 가능했다. 그리고 처음 아나운서 준비생이었을 때의 마음으로 돌아가 다시 뉴스 연습을 하고 간절히 면접을 준비했던 내가 있었기에 최종 합격이 가능했다고 생각한다. 무엇보다 내 삶을 회복하려는 의지가 있었기에 할 수 있었다.

세상 모든 취업준비생과 경력단절 여성과 엄마들의 이력서에는 이런 블라인드가 필요하다. 그 사람 자체로 온전히 평가받을 수 있는 기회, 그 기회가 한 사람을 살린다.

앤드루 솔로몬의 《한낮의 우울》이라는 책에 보면 이런 문장이 있다. '우울증에 빠지는 게 싫었지만 우울증 속에서 나 자신의 크기, 내 영혼의 최대한의 범위를 알게 되었다.' 나 또한 지독한 산후우울증을 겪으며 내 마음의 치수와 부피에 대해 알 수 있었다. 한없이 한없이 파고 들어가 깊이를 다 재고 나니 다시 위로 올라올 수 있었고 그 속에서 내 마음 안에 차지하고 있었던 생각들을 들여다볼 수 있었다.

몸이 아파 일할 수 없었고 일할 수 없어 맘이 아팠다. 마음이 아파 우울했고, 우울해서 또 몸이 아팠다. 우울은 이렇게 몸도 마음도 끊임없이 고통스럽게 하는 일이다. 그 고리를 끊어야 다시 내 삶으로 돌아갈 수 있다. 내가 침대에서 일어나 화장실로 가 뜨거운 물에 샤워해야겠다고 마음먹었을 때부터 우울의 고리에는 금이 가고 있었다. 그 선 하나가 점점 굵고 깊어져 내가 내 우울을 깨고 나올 수 있었다.

엄마가 되고 우울증이 찾아오면 엄마인 나를 부정하고 아이를 원망하게 된다. 모두 잘못된 원인과 결과다. 그러니 산후우울증은 반드시 잘 다스리고 치료하고 극복해야 한다. 나와 남 모두에게 도움을 청해야 한다. 몸은 회복하려 노력하고 내가 가장 중요하게 생각했던 것들을 복귀하려 애써야 한다. 그 회복과 복귀가 우리를 살게 할 것이다.

오늘의 미션

혼영, 낮술 그리고 집안일 '안' 하기

───────────────

오슨 웰스가 일러주었듯

해피 엔딩인지 아닌지는

어디서 이야기를 끊느냐에 달려 있다.

《살림비용》, 데버라 리비

오늘 나의 미션은 아이 등원과 하원 사이 영화 한 편을 보는 일이다. 영화 한 편 보는 게 미션까지 될 일인가 싶지만, 아이가 있는 삶에 책과 영화, 글쓰기와 사유가 얼마나 애써야 할 수 있는 일인지 나 또한 엄마가 되고 나서야 알게 되었다. 며칠 전 내가 좋아하는 시인의 시로 만들어진 독립영화가 개봉한다는 걸 알고 나는 이 미션을 계획했다. 개봉 전날 집 근처와 회사 근처 극장을 열심히 검색했다. 하지만 독립영화의 특성상 상영관이 많지 않았고, 시간도 하루 한 타임 정도밖에는 없었다. 다행히 집에서 40분 거리의 극장에 오전 10시 반 타임의 영화가 있었다.

이 한 편의 영화를 보기 위해 평소보다 한 시간 일찍 일어나 집안일을 하고, 조금 일찍 아이를 깨워 먹이고 씻기고, 어린이집에 제일 처음으로 맡긴 후 부랴부랴 출발해 상영관으로 들어갔다. 평일 오전과 독립영화가 만나 관객은 다섯 명. 영화를 보는 것도 혼자인 것도 관객이 적은 것도 조용하고 깜깜한 것도 다 좋았다.

영화가 끝나고 엔딩크레딧을 마지막까지 다 보고 싶었지만 나에겐 시간이 없었다. 다시 부랴부랴 상영관을 빠져나와 주차장으로 달려가는 길, 순간 옆 카페에서 따뜻한 아메리카노 한 잔이 너무 마시고 싶었지만 마실 돈이 아니라 시간이 없었으므로 그냥 지나쳐야 했다. 얼른 집으로 돌아가 등원 전쟁의 흔적을 하나하나 치우고 남은 집안일을 하고 씻고 출근을 해야 했다. 집에 들어가자마자 우선 머리를 감고 거실에 널브러져 있는 기저귀를 돌돌 말아 쓰레기통에 넣고 아이가 등원 전 가지고 놀던 퍼즐을 맞추고 청소기를 돌리고 냄비 두 개를 올려놓고 매운 콩나물국과 슴슴한 콩나물국을 끓이고 옷을 갈아입고 다시 운전대를 잡았다.

너무 피곤해 이렇게까지 해서 영화를 봐야 하는 건가 잠깐 생각했지만, 등원과 하원 사이의 시간을 쪼개고 쪼개 혼자 영화 보기 미션에 성공한 내가 대견했다. 잠과 밥, 화장과 커피와 맞바꾼 영화는 훌륭했고 내 영혼은 충만해진 채로 꾸벅꾸벅 졸았다.

　　오늘의 미션은 아이를 등원시키고 친구를 만나 낮술을 마시는 일이다. 오늘을 위해 지난주부터 남편에게 부탁했다. 평일 하루 출근하지 말고 아이를 봐 달라고. 나는 친구와 낮술을 마시겠다고. 밤술이 아닌 낮술이기 때문에 늦지 않게 들어올 거지만 혹시라도 내가 조금 취해 들어올 수 있으니 저녁에도 아이를 좀 봐 달라고. 한 계절 내내 모질게 산후우울증으로 고생한 후 나를 위해 큰맘 먹고 세운 미션이었다. 남편은 흔쾌히 그리고 친절히 나의 낮술을 응원해주었다. 버스에서 내린 후 걸어서 약속 장소로 가는데 기력과 체력이 달려 보이는 벤치마다 앉아서 쉬었다 가야 했다. 우울증은 나를 엄마가 아닌 할머니로 만들어버린 것 같았다. 만날 친구에게 이 상황을 설명하니 나에게 말한다. "그럴 거면 지팡이를 사라고." 놀림을 받았는데 이상하게 기분이 좋았다. 낮술과 친구가 나를 기다리고 있었기 때문이다.

월요일과 낮술이 만나 손님은 두 테이블. 낮에 시원한 맥주를 마시는 것도 오랜만에 가장 친한 친구와 단둘이 만난 것도 사람이 적은 것도 대낮에 내 우울을 추억처럼 이야기하며 울지 않는 것도 다 좋았다. 1차로 피맥을 하고 2차로 마른안주에 생맥주를 마시러 갔다. 가게 앞에 크게 입간판이 세워져 있었다. '일찍 마시는 자가 한 잔 더 마신다.' 우리는 월요일 11시부터 마셨으므로 두 잔 더 마신다. 친구와 즐겁게 마시고 먹고 떠들고 해가 지기 전에 똑바로 걸어 집에 들어갔다. 술은 서두르거나 술자리에 안주와 말이 부족할 때 취하는 거지 느릿느릿 마시고 맛있게 먹고 술잔보다 말이 넘치니 취하지도 않았다. 집에 도착해 아이 저녁을 먹이고 씻기고 재웠다. 마셨지만 어제와 다르지 않게 아이를 돌본 내가 기특했다. 남편의 하루치 일당과 맞바꾼 낮술은 훌륭했고, 내 영혼은 기쁨으로 가득 찬 채로 아이가 잠든 후 '한 잔 더'를 외쳤다.

오늘의 미션은 집안일을 '안' 하는 일이다. 일을 안 하는 게 일이라니. 집 안에 있으면서, 정확히는 너저분한 집 안에 있으면서 그걸 눈 감는다는 건 결코 쉬운 게 아니다. 아직 아이는 스스로 더러운 걸 판단하는 능력이 없어서 내가 치우지 않으면 더러운 건 다 아이 몫이다. 물고 빨고 먹고 또 더럽힐 것이므로, 시도 때도 없이 닦고 정리하고 치워야 했다. 삶이 복잡하니까 집이라도 단순하고 깨끗하길 바랐지만, 아이가 태어나며 삶과 집 모두 혼잡스러워졌다. 그래서 더 열심히 쓸고 닦았다. 쉴 시간에, 다른 일을 해야 할 시간에, 자야 할 시간에, 부단히도. 그래서 나는 집안일을 하다 자주 아팠고 화가 났고 우울해졌다. 집안일은 끝도 없었고 끝도 없이 치워도 끝나지 않았다. 아무리 해도 상쾌함이나 보람 따위 없었다. 지치기만 했다. 보수는 말할 것도 없었다.

청소, 빨래, 밥하기, 설거지와 같은 집안일들이 힘든 건 그 자체로 힘들다기보다 그걸 무한히 반복해야 한다는 게 힘든 거라는 걸 계속하며 깨달았다. 아침 먹고 나면 점심 준비, 점심 먹고 나면 저녁 준비, 중간에 아이 간식도 챙겨야 하고. 설거지는 삼시세끼 사이사이마다 쌓이고, 세탁기와 건조기도 무한히 돌아가고, 장난감과 아이 용품들은 바닥에 흩뿌려져 있고, 머리카락과 먼지는 숨 쉴 때마다 떨어지고 쌓이는 것 같고. 집 안에서 항상 나는 롤 테이프와 물티슈를 손에 쥐고 있었다.

청소를 마친 후 개운할 수 있었던 건 그걸 그래도 며칠은 유지할 수 있어서였다. 아이가 있는 집에서는 불가능했다. 치우자마자 동시에 어질러지는 경험을 매번 해야 하니까. 말끔해졌다는 보람을 느낄 틈이 없었다. 여러 번의 몸살과 시행착오 끝에 이제부터는 다 하려고 하지 말고 큰 것만 대충 급한 대로 하기로 마음먹었다. 대청소는 푹 잔 후 몸이 가벼운 상태에서 주말에 남편과 함께. 집안일은 끝이 없으니까 끝내려고 하면 안 된다. 내가 해야 할 일은 집안일만 있는 게 아니므로 우선순위를 두고 타협을 하고 나를 설득해야 한다. '적당히 이것까지만'이라고.

아이를 낳고 일을 쉬었던 시기, 출근을 안 하게 되자 내가 내 집으로 출근해 집안일을 하고 있었다. 매번 미련하게 집안일을 아플 때까지 했다. 끝도 없는 육아와 집안일에 시달려 생의 사직서를 가슴에 품고 다녔다. 엄마도 아내도 주부도 다 그만두고 싶었다. 그만두지 않고 버텨낸 나 대단하다.

'혼영'과 '낮술'과 집안일을 포기하고 얻은 '내 시간'이 나를 구원했다. 나와 똑같이 육아와 집안일을 나눠 분담해준 남편이 있어 가능했고, '해야지'와 '그만해야지'와 '해줘'를 반복해 다짐하고 부탁했기에 수월해질 수 있었다. '해피 엔딩인지 아닌지는 어디서 이야기를 끊느냐에 달려 있다'고 했다. 우리는 모두 여기까지만 하고 행복해질 권리가 있다.

오늘의 미션은 여기까지만 쓰고 간장게장에 밥을 비벼 먹는 일이다.

어떤 느낌은 쌓이면 병이 된다.

그러기 전에 서둘러야 한다.

우울'감'에서 우울'증'이 되지 않도록.

———————————

가을엔 같이 일해요!

여름 내내 가을을 기다렸다

─────────────

어떤 삶은 '서프라이즈!'로 순간 밝아진다.

《걱정 말고 다녀와》, 김현

프리랜서 아나운서인 나에게 주된 수입원이자 일 중 하나는 '행사'다. 정부기관에서 주최하는 공식행사나 콘퍼런스, 기업의 기념식과 시상식 등의 사회를 보는 일. 사람들 앞에서 마이크를 잡는 일이니 내가 가장 좋아하고 잘하는 일이고 무엇보다 시간 대비 보수가 높아 프리랜서 아나운서들에겐 '꿀' 같은 일이다. 물론 행사 준비를 위해 시나리오를 잘 숙지해야 하고 말 한마디, 표현 하나 매사 조심해야 하는 일이기에 보수만큼 긴장감도 높은 일이기도 하나 나는 완벽한 진행을 위해 마이크를 잡고 마음을 졸이는 그 순간이 좋다.

여러 대행사를 통해 다양한 행사장을 가곤 하는데 그중 오래된 인연의 대행사 부장님이 있다. 부장님은 한 행사가 열리고 끝나기까지 기획부터 사회자 섭외까지 많은 일을 해내는 베테랑 일꾼이자 아이 셋을 키우고 있는 엄마이기도 하다. 매사 친절하고 예의와 선의 가득한 말투로 나에게 일을 주시는 분이다.

그 부장님께서 소개해준 한 행사의 주최기관 대표님과도 인연이 되었다. 몇 번의 행사 진행 후 감사하게도 내 진행을 너무 좋아해주시며 매해 행사가 열릴 때마다 사회자로 나를 찾아주는 분이다. 작고 마른 아담한 몸, 귀여운 안경을 쓰고 빠릿빠릿한 몸짓으로 행사장을 활보하는 한 기업의 수장이자 역시나 아이 둘을 키워낸 엄마다.

내가 다시 취업하게 되기 전까지 임신과 출산으로 단절된 일을 간간이 이어갈 수 있었던 건 이 두 분의 역할이 컸다.

여름의 시작, 아이를 낳고 덥고 습한 한 계절을 혼자서 유난히 춥고 어둡고 건조하게 보내며 신생아를 키우던 시간. 이 몸과 마음으로 다시 일할 수 있을까? 다시 일했던 예전의 나로 돌아갈 수 있을까? 자신 없고 막연했던 날들 속에 어느 날 '띵동' 서프라이즈 같은 문자 한 통이 도착했다.

'아나운서님 몸은 좀 어떠세요? 아이는 잘 크고 있지요? 가을엔 같이 일해요!'

순간 대낮에도 깜깜했던 내 마음이 다음 계절엔 같이 일하자는 그 한마디로 환해졌다. 숙인 고개와 처진 어깨가 동시에 펴졌다. 세상과 나 사이에 쳐진 암막 커튼이 '확' 하고 젖혀지는 기분이 들었다. 이제 이 창문을 열고 숨 쉴 수 있겠구나 싶었다. 이 계절이, 이 상태가 바뀌지 않고 계속될 것 같았는데 '가을과 일' 모두 나를 살리는 말이었다. 여름 내내 가을을 기다렸다. 선선한 바람 때문이 아니라 일 때문에, 계절이 아니라 일이 나를 산산하게 만들어줄 것이므로.

가을이 지나고 11월의 시작 나는 정장 바지 허리 단추를 옆 칸으로 늘려 옮겨 달아 입고 오랜만에 정성 들여 화장을 하고 행사장으로 향했다. 빠릿빠릿한 대표님은 여전히 행사장을 활보하고 계셨고 베테랑 부장님은 입구에서 환하게 나를 맞이해주었다.

"출산하느라 고생했어요. 다시 돌아왔네! 경력 단절되면 안 돼. 아까워. 엄마도 일해야 해요. 나는 계속 아나운서님 부를 거야!"

나를 발견한 대표님이 행사장 끝에서 반가운 걸음으로 성큼 다가와 말했다.

출산, 그때의 시간을 각각 세 번과 두 번씩 겪었던 부장님과 대표님은 알고 있었다. 무엇이 엄마를 죽이고 살리는지. 일은 단순히 노동과 돈의 가치를 넘어 존재의 증명이자 산모에겐 어쩌면 가장 큰 회복의 기회가 될 수도 있다는 것을. 그 배려와 마음 덕분에 엄마 사이사이에 다시 아나운서가 될 수 있었다.

나보다 어리고 예쁘고 실력도 좋은 아나운서들은 너무나도 많은데 '굳이' 출산한 나를 잊지 않고 '먼저' 연락해 '일부러' 일을 맡겨준 고마운 분들. 실은 임신 중기가 지나고 배가 불러 왔을 때에도 혹시나 출산 때문에 일을 잠시 쉬게 되면 인연이 끊어질까 두려워 임신 사실도 뒤늦게 말했던 나였다. 하지만 이분들도 같은 시기를 겪었던 엄마라는 사실을 잊고 있었다. 엄마는 엄마를 알고 엄마는 엄마를 알아본다.

내 경험이 비슷한 과정을 겪고 있는 누군가를 보듬고 이끌어낼 수 있다. 사회 곳곳에 이런 구원이 많아졌으면 좋겠다. 좋은 세상은 고통이 고통을 알아보는 세상이라 했던가. 그렇다면 누구보다 엄마가 엄마를 잘 알아볼 수 있으니 엄마들이 집 안이 아닌 세상 곳곳에 넓게 배치되어 있으면 좋겠다.

띵동! 모든 이의 삶에 서프라이즈 같은 순간이 도착하기를 그래서 함께 밝아지기를 소망한다.

4장

'아빠' 껌딱지

누구에게도 짐 지우거나 치우치지 않는 고른 육아를 위해

───────────────

"사람에 대한 마음이 한 바퀴를 돌면
이해에서 다른 애정으로 가는 것 같아요."

김애란

내 아이는 '아빠 껌딱지'다. 대부분의 어린아이들이 엄마만 찾고 엄마 옆에만 딱 붙어 있으려 하는 엄마 껌딱지인 경우가 많은데 반대로 엄마보다 아빠를 더 많이 찾는다. 어린이집 선생님들도 놀래며 말했다. 다른 아이들은 '엄마, 엄마' 하며 우는데 내 아이는 '아빠, 아빠' 하며 운다고. 실제로도 아이는 엄마보다 아빠라는 말을 먼저 하기도 했다.

나는 그 사실이 서운하거나 부끄러운 게 아니라 너무나 기쁘고 좋다. 오히려 내 자랑이다. 그건 남편이 그만큼 아이를

돌보는 시간이 많았고 아이를 잘 돌봤다는 증거이기 때문이다. '껌딱지'는 시간과 정성, 안정과 익숙함에 비례해 생기는 현상이라 '아빠 껌딱지'는 남편이 아이가 신생아일 때부터 해온 돌봄의 결과이며, 육아에 진심인 마음이 가닿은 것이라 생각한다. 물론 남편은 그만큼 고생이 많았고 힘들겠지만 말이다. 아무것도 모를 것 같은 어린 존재도 본인이 보고, 느끼고, 받은 것에 대해서는 그 양만큼 정확히 안다.

　아이를 키우며 매번 느끼는 피곤한 행복을 남편과 나는 똑같이 느끼고 있다. 아이 때문에 지치면서도 아이 때문에 힘이 나는 마음. 같이 있으면 떨어지고 싶고 떨어져 있으면 보고 싶고, 아이 때문에 못 살겠고 아이 때문에 살 것 같은 모순적인 참 이상한 감정. 그건 돌봄이 얼마나 지치는 일인지, 아이와 온종일 붙어 지내는 게 얼마나 고된 일인지, 그러면서도 그 사이사이 아이가 주는 행복의 크기가 얼마나 엄청난지 직접 해본 사람만이 안다. 그 기분과 느낌에 대해 남편과 나는 자주 공감하며 얘기 나누곤 한다.

　얼마 전 '남편'이 나에게 말했다.
　"요즘 내가 아이 키우는 것도 일도 잘 못 하고 있는 것 같아서 고민이 많아."

풀이 죽어 심각한 표정으로 내뱉은 말이었지만, 나는 이 말의 주체가 아빠라는 게 그것도 내 아이의 아빠라는 게 놀라웠고 반가웠다. 그건 내가 매일 느끼고 있는 감정이었다. 남편의 말을 듣고 짠한 마음과 응원의 마음, 달가운 마음이 동시에 들어 얼른 대답해주었다.

"당신이 방금 한 말은 이 세상 모든 워킹맘들의 공통된 마음이야. 일과 육아를 병행하며 태어나 가장 열심히 살고 있는데, 일도 아이에게도 맨날 부족하고 미안한 마음을 품고 살지. 나도 그래."

남편이 기운 빠져 건넨 한마디가 나에게는 기운 나는 말이었다는 것을 남편은 알까. 그 말은 한숨이었고 걱정이었지만 나에게는 평등의 말로 들렸기 때문이다. 나만 그렇게 느끼는 게 아니구나 싶어 반가웠고, 나와 남편이 일과 육아를 공평하게 하고 있다는 증명 같아 뿌듯했다. 실제로 그랬다. 나와 남편은 집안일과 집 밖의 일, 가사와 양육을 동등하게 하고 있다.

특별한 다른 일정이 없는 보통의 날들에는 내가 아이 어린이집 등원을 시키고 오전에는 집안일을 하고 오후에 출근한다. 남편은 아이가 생긴 후 일하는 시간을 줄여 아이 하원을 맡아 하고 내가 퇴근해 집에 돌아오기 전까지 아이를 돌보고 저녁 집안일을 한다. 손목이 안 좋은 나를 위해 아이를 들고 목욕을 시키는 건 남편이, 목욕 후 물기를 닦고 온몸 구석구석 로션을 발라주는 건 내가 한다. 등원 전 오늘 입힐 옷을 고르는 건 내가 옷을 입히는 건 남편이, 요리를 좀 더 잘하는 내가 아이 반찬을 만들고 요리를 좀 더 못하는 남편이 설거지를 한다. 좀 더 꼼꼼한 내가 아이에게 필요한 것들을 챙겨 알려주면 남편이 주문하고, 둘 중 한 명이 너무 피곤한 날이면 덜 피곤한 사람이 아이를 더 본다. 그리고 우린 아이와 함께 춤추고 밥 먹고 손잡고 산책하러 나간다. 서로가 맡은 영역에 고마움을 알고, 각자가 부족하거나 버거운 분야를 인정한다. 나누고 부탁하고 같이하고, 누구에게도 짐 지우거나 치우치지 않는 고른 육아를 위해 노력한다.

사실 이게 가능한 건 남편의 '마인드'가 가장 영향이 크다. 남편은 임신 때부터 모든 검사와 증상을 내가 혼자 다 견뎌야 하는 것에 항상 미안해했다. 출산 후 아픈 나를 위해 산후조리원에서도 신생아 목욕법부터 트림 시키기, 분유 타는 법과 기저귀 가는 법, 응급조치까지 열심히 수업을 듣고 선생님들께 적극적으로 물어보고 유튜브로 검색해 가며 배웠다. 안 해봤고, 낯설고, 아이가 너무 작고 소중해 겁나서 못 하겠다는 게 아니라, 임신과 출산이라는 엄청난 일을 해낸 나를 위해 본인이 해야 한다고 생각했다.

아내인 나도 이런 '마인드'였다. 내가 자연분만을 한다면 극한의 고통스런 상황에서 괴물처럼 되어버릴 내 모습과 출산으로 만신창이가 될 내 몸을 부끄러워하거나 감추는 게 아닌 남편도 옆에서 함께 지켜봐 주길 원했다. 제왕절개를 한다면 수술 후 식물인간처럼 누워만 있어야 할 때 오로 패드를 갈아야 하는 일을 엄마나 간호사가 아닌 남편이 해주길 원했다. 그런 모습을 적나라하게 보여준다는 게 나도 쉽지 않고 망설여지는 일이었지만, 임신과 출산의 이런 진짜 과정을 안다면 절대 육아에 물러서거나 비켜 서 있을 수 없게 된다고 믿었기 때문이다. 오로 패드를 잘 갈아준 남편은 이 경험을 통해 나에 대한 마음이 빙 한 바퀴를 돌아 다른 애정이 생겼을 것이다. 고맙고 다행인 일이다.

내가 열 달 동안 배 속에서 아이를 품어 키웠으니 출산 후 열 달은 남편이 아이를 안고 잘 돌봐주길 원했다. 모유 수유를 남편이 대신해줄 수 없으니 유축해놓은 모유를 적당한 온도로 데워 먹여주는 건 남편이 할 수 있는 거라 생각했다. 남편에게 잘 말했고 부탁했고 혼자 할 수 없는 일이니 함께 하자고 했다. 육아에 진심인 남편이 노력해주었고 그렇게 우리는 평등한 보육이 가능해졌다.

　사실 나는 일과 육아를 병행하며 버거운 순간도 많아 하원을 해서 아이를 몇 시간 동안만이라도 돌봐줄 돌봄 선생님을 구하려고 했다. 그런데 남편이 말렸다. 다행히 지금은 자신이 일을 줄여 아이 하원을 할 수 있고, 아직 아이가 어리니 힘들더라도 자기가 아이를 맡아 돌보겠다는 것이다. 많은 엄마와 워킹맘들이 겪는 감정과 과정을 아빠이자 워킹대디인 남편이 똑같이 치렀다. 그래서 내가 일을 포기하지 않을 수 있고 맘 편히 출근할 수 있다. 지인도 말했다. 출산 후 자신이 복직할 수 있었던 건 남편이 육아휴직을 썼기 때문이었다고.

　온전히 쉬고 싶은 주말이나 중요한 일을 앞두고 있어 집중해야 하는 시간이 필요한 주말이면 우린 어김없이 아이를 카시트에 태우고 각자의 부모님 집으로 간다. 손녀가 보고 싶은 할머니 할아버지가 반가워하고 서로가 본가에서 조금은 편히 쉴 수도 있다. 부모님들도 왜 며느리와 이서방은 오지 않았냐 묻지 않고 둘이 싸웠냐 의심하지 않는다. 그런 의문이 들지 않도록 사전에 잘 설명하고 양해를 구한다. 그게 우리 부부가 육아에 완전히 쓰러지지 않고 버티는 방법이다.

　우리는 다짐했다. 아이를 키우며 둘 다 죽지 말자고. 정 죽을 것 같으면 한 명만 쓰러지자고. 쓰러져 쉬고 괜찮아지면 교대하자고. 그게 엄마, 아빠, 아이가 다 같이 살 수 있는 방법 이라고.

그래서 오늘도 나는 남편과 함께 아이를 재우고 아이가 잠든 것을 확인한 후, 혼자 거실에 나와 식탁에 앉아 글을 쓴다. 남편이 아이와 함께 자고, 나는 글 다 쓰고 따로 다른 방에서 혼자 잔다. 그게 아이 옆에서도 코를 골며 깊은 잠을 잘 수 있는 남편과 아이가 뒤척일 때마다 잠에서 깨 꼴딱 밤을 새워 버리는 아내가 둘 다 죽지 않고 잘 자는 방법이다.

맞벌이 부부인 우리가 온전히 둘이서 함께 육아하며 아빠 껌딱지인 아이와 함께 잘 사는 방법이다.

"우울은 치료가
완전히 가능한 병이에요."

삶의 다음 단계가 온다

겨울에서 봄으로 계절이 건너가듯,

자기에게서 또 다른 자기로

건너가려는 사람이 있다.

《모월모일》, 박연준

"사람들이 우울증은 마음을 굳게 먹고 다스리라고 하죠? 마음 다스리는 거 힘들어요. 정신과 의사 30년 해보니 너무 잘 알아요. 의지와 마음을 다스리는 게 잘 안 되니까 의사의 처방을 받아 약으로 치료해야 하는 거예요. 우울은 치료가 완전히 가능한 병이에요."

오랜 경험을 지닌 누군가의 확신에 찬 말은 나를 살게 하고 치료 옆에 붙은 '완전히'*라는 부사는 희망 그 자체였다. 나는 동네 정신과에 방문해 의사에게 이 말을 들었던 이날부터 '우울은 치료가 완전히 가능한 병'이라는 말을 마음속에 적어 부적처럼 지니고 다녔다. 매일 아침 9시 알람을 맞춰놓고 6개월 동안 단 하루도 거르지 않고 항우울제를 챙겨 먹었다. 기필코 우울에서 최대한 멀어지려는 진짜 노력을 했다. 대부분 약은 처방전이 있으면 먹을 수 있었지만 항우울제는 다짐이 있어야 삼킬 수 있었다.

　손을 베면 바로 지혈을 한 후 연고를 바르고 단단히 밴드도 붙였다. 배가 더부룩할 때면 매실차부터 소화제까지 챙겨 먹었고 머리가 아프면 두통약을, 감기 기운이 느껴질 땐 쌍화탕부터 종합감기약까지 얼른 마시고 삼켰다. 집 근처 병원과 눈앞에 보이는 약국에 서둘러 들어갔다. 그런데 왜 항우울제는 2년 넘게 지독하게도 아팠으면서 먹어야겠다고 마음먹기와 목구멍으로 넘기기가 그렇게도 힘들었을까? 다른 약은 빨리 다 먹고 얼른 낫고 싶었으면서 이 약은 최대한 안 먹고 낫고 싶어 했을까? 다른 약은 용법과 용량을 지켜 식후 30분 착실

---

*　수차례 약물 요법에도 충분한 치료 효과가 없는 난치성 우울증도 있으나, 우울증의 치료와 개선 가능성을 강조하기 위해 표현한 의사의 말을 살려 실었습니다.

하게 복용했으면서 이 약은 먹으려다가도 안 먹고 몇 번 먹다가도 말고 태만하게 무시했을까?

아마도 항우울제는 마치 먹으면 안 되는 약처럼 여겼던 것 같다. 이 약을 먹으면 내가 정말로 우울증 환자가 된 것 같아서. 인간인 나는 몹시 아프고 우울할 수 있어도 엄마가 된 나는 우울증이면 안 될 것 같아서. 무엇보다 사람의 감정이 어찌 새끼손톱의 절반보다도 작은 알약 하나로 조절이 될까 싶었다. 그러면서도 그 작디작은 약 하나가 내 몸속에 퍼져 큰 영향을 미칠까 봐 두려웠다. 약 앞에 너무 복잡하고 예민했다. 그만큼 우울은 길게 이어졌다.

우울의 처음으로 돌아갈 수 있다면 가장 먼저 나는 약부터 먹을 것이다. 의사의 말처럼 의지와 마음이 아닌 처방과 꾸준한 복용으로 해결할 것이다. 약 먹고 울고 약 먹고 자고 약 먹고 우울해할 것이다. 항우울제를 안 먹어도 보고 부단히 먹어도 보니 잘 알겠다. 성실한 모든 행위는 품이 들지만 확실한 결과를 반드시 보여준다.

하지만 나도 예외 없이 실패와 부작용이 있었다. 나에게 맞는 정신건강의학과 의사와 맞는 약을 찾기까지 세 군데의 상담센터를 거쳤고 네 명의 정신건강의학과 전문의를 만났다.

24시간을 꼬박 잠들어 있었던 약의 부작용과 오랜 무기력증, 우울증의 재발을 겪었다. 고장 난 수도꼭지처럼 매일 우울이 쏟아져 '반드시 흘러야 하는 강물처럼'* 울었던 나는 우울할 때 제일 필요했던 건 바로 확신이었다. 이 우울이 끝나리라는 확신. 내가 이 우울에서 벗어날 수 있을 거라는 믿음. 나는 그 확신과 믿음이 내가 마음먹어야 하는 거라고만 생각했는데, 지나고 보니 적어도 우울한 사람에게 그런 마음은 가장 먹기가 어려운 일이므로 타인이 마음먹게 반드시 도와줘야 하는 일이라는 걸 알게 됐다.

내가 경험하고 생각하는 좋은 의사란 설명을 자세히 해주는 의사다. 약의 작용과 부작용 그리고 정확한 용법에 대해서 구체적이고 분명하게. 항생제, 진통제, 소염제 이런 것들은 익숙하지만 선택적 세로토닌 재흡수 억제제, 정신신경용제, 신경안정제와 같은 것들은 낯설고 걱정스럽기 때문이다. 이 기준에 따라 운이 나쁘게도 좋은 의사를 처음에 만나지 못했고 운이 좋게도 좋은 의사를 네 번 만에 만났다.

세 곳의 상담센터와 정신건강의학과를 거치고도 우울이 재발했을 때 나는 많이 소진되어 있었다. 내 우울은 눈물로

* 《이렇게 나는 사라진다》, 미리옹 말르

시작해 암울로 번졌고 분노로 폭발했다. 내가 무서웠던 건 눈물과 암울은 혼자 파고드는 증상이었다면 분노는 자꾸만 대상 없는 무언가에 화를 내는 일이라는 것이었다. 적어도 감정은 내가 제어하는 건 줄 알았는데 내 감정을 내가 통제할 수 없었다. 그때의 나는 거의 모든 물건을 신경질적으로 집어 던졌다. 집에 들어오면 신발을, 설거지하다 그릇을, 빨래를 개다 수건을, 양치하다 칫솔을. 반응하는 사람에게 낼 수 없으니 던진 자리에 가만히 있을 사물에 화를 내곤 했다. 그리고 그런 나에게 또 화나고 실망스러웠다. 아픈 몸과 쏟아지는 집안일, 감당할 수 없는 생각과 감정에 치여 거푸거푸 성이 났다. 분노는 뭐든 잡는 게 아니라 헤집어놓는 거였다. 물건에서 나 자신까지. 그러다 내 몸뚱아리도 건물 아래로 내던질까 두려웠다. 귀찮고 막막하고 부정적이었지만 다시 정신과에 가야 했다.

그때의 내가 선택한 병원의 기준은 집에서 최대한 가까운 곳이었다. 그전처럼 온갖 검색과 주변인의 추천, 멀고 오래 기다려야 하는 수고를 감당하기엔 에너지도 인내도 없었다. 전화해 바로 갈 수 있는 정신건강의학과여야 했다. 나는 슬리퍼를 신고 걸어서 집 앞 상가단지에 있는 정신과에 갔다. 그 가깝고 손쉬운 병원에서 감사하게도 비로소 약과 우울에 대해 많은 것을 차근차근 이야기해주는 선생님을 만났다.

첫 만남에는 자기소개가 있듯, 첫 진료에는 자기증상소개가 있다. 나는 내 증상을 이렇게 소개했다.

"너무 예민하고 죽고 싶다는 생각이 쉬워요. 분노와 슬픔이 전혀 조절이 안 되고 한 번씩 무기력이 심하게 찾아옵니다."

내 말을 들은 의사가 '설명'을 하기 시작했다.

"우울은 우울과 불안으로 구분 지을 수 있는데, 불안은 공포입니다. 무섭고 두렵고 숨도 못 쉬겠고. 공황장애 알죠? 그런 증상이 옵니다. 죽을까 봐 겁나는 거죠. 불안 안에 예민도 포함되고요. 우울은 간단해요. 결국 죽고 싶은 것입니다. 진짜 심각한 우울증인 사람은 본인 스스로가 이성적으로 천천히 차근차근 준비하고 그냥 죽어요. 아주 아주 무서운 것이죠."

우울해서 온 사람에게 우울에 대해 먼저 설명해주다니. 어쩌면 우울한 내가 우선 알아야 할 건 '무엇이 우울인가'였을지도 몰랐다는 생각이 들었다. 우울에 대해 먼저 알려준 의사는 다음으로 내 상황을 물었다. 가장 힘든 게 무엇인지와 무엇이 나를 가장 힘들게 하는지. 우울한 사람에게 필요하고 정확한 두 가지의 질문이었다. 그러고는 또 설명해주었다.

"인간은 누구나 스트레스를 받고 살아가요. 사람마다 성격과 기질이 달라서 그 스트레스에 더 취약한 사람이 있습니다. 예민하고 섬세한 사람들이 그렇죠. 그 사람들은 그만의 장점이 있지만 스트레스에 약하다는 단점이 있습니다. 그러니까 그 부분을 약으로 도움받으면 돼요. 약은 그러라고 있는 거예요. 그런데 사람들이 약을 조금 먹다 말아버립니다. 우울증약 먹기 싫으니까요. 항우울제는 최소 2주부터 몸에 반응을 시작하고 적어도 두 달이 지나야 제대로 된 효과가 나와요. 그 후에도 양을 줄여 재발을 방지할 수 있도록 꾸준히 약을 복용해야 합니다."

그다음으로는 내가 먹어야 할 약에 대해서 자세히 안내해주기 시작했다.

"총 네 알의 약을 쓸 건데요. 가장 유명하고 안전한 항우울제와 통증을 완화해주는 효과가 있는 항우울제, 지금 화도 많고 예민하니까 신경안정제를 좀 쓰고 또 속 쓰리면 안 되니까 위장 보호해주는 약까지 이렇게 처방해 드릴 겁니다. 플루옥세틴이라는 캡슐은 행복 호르몬이라고 불리는 세로토닌을 증가시켜 우울에 도움이 되는 약이에요. 약이 나온 지 30년 넘었으니 안정성도 증명됐어요. 그리고 둘록세틴이라는 약은 만성 통증을 줄여주는 항우울제예요. 아이 낳고 온몸에 관절

통이 왔다고 했죠? 사람이 통증이 오래가면 우울하게 돼 있어요. 진통제는 아니지만 통증 완화 효과가 있는 우울증약이니 도움이 될 겁니다. 클로나제팜은 진짜 소량 쓸 건데요. 신경안정제인데 졸릴 수 있어요. 일상생활에 지장을 줄 정도라고 느끼면 빼면 됩니다. 제가 처방해 드리는 항우울제는 내성도 중독성도 없으니까 걱정하지 말고 드세요. 다만 안전한 약인 대신 속도가 느립니다. 속도가 느리니까 처음엔 약이 안 듣는다고 생각해요. 조금 느린 거예요. 최소 2주는 지나야 합니다. 며칠 먹고 효과 없다? 아직 작동도 안 한 거예요. 다만 안정제는 먹고 거의 바로 효과가 있을 겁니다. 졸릴 수 있으니 몸 상태를 잘 살펴보세요. 마음을 마음대로 다스릴 수 있는 건 부처밖에 없지 않을까요? 항우울제는 빗대어 표현하자면 마음 수양 10년 치 효과 있는 약이라고 할 수 있어요. 영혼의 비타민 같은 약이라고 생각하고 드세요.”

    내가 이 긴 설명을 다 기억하고 있는 건 의사가 모든 걸 너무나도 천천히 하나하나 쉽게 말해주었기 때문이다. 그 표현과 비유가 너무 인상적이어서 나도 항우울제 앞에 망설이고 있을 누군가에게 꼭 전해주려고 정신과를 나와 기억이 사라지기 전 얼른 휴대전화 메모장에 적었다.

'안전한 대신 속도가 느린 약', '영혼의 비타민'. 이런 말들은 내 기억 속에 남아 매일 약을 먹을 때마다 떠올랐다. 한 알한 알 기쁘게 삼켰다. '그래. 천천히 하루하루 먹다 보면 우울도 줄어들 거야' 스스로 다독였다.

때때로 진료 마지막에는 경험치 많은 어른의 말과 사담을 섞은 가볍지만 묵직한 말들도 이어졌다.

"살아보니 인생을 살면 다음 단계가 와요. 아이는 클 거고 남편도 더 안정될 거고 본인 일도 더 인정받게 될 거예요. 이미 아이 30개월 키웠잖아요. 잘 버티세요!"

정신과 의사가 햇볕 쬐고 운동하고 긍정적으로 생각하라고 말해주는 게 아니라 잘 버티라고 해주니 이보다 더 좋을 순 없었다. 내가 아직 겪어보지 못한 생의 궤도를 살아본 어른이 다음 단계가 온다고 확신해주니 이보다 더 든든할 수 없었다.

잘 서술해주는 게 진짜 기술임을 이 의사를 통해 배웠다. 특별한 영역의 무언가를 안다는 건 남보다 높아지는 게 아니라 낮아져야 하는 일이라고. 모르고 낯선 사람에게 잘 알려주라고 분야마다 직업이 있는 거라고 생각했다. 그러니 나도 우울한 누군가를 위해 잘 서술해 써야 하는 것이 내 기술이 될 것임을 알게 됐다.

도대체 왜 나에게 이런 극심한 아픔이 왔을까 괴롭다가도 마음을 고쳐먹기로 했다. 말과 글이 업인 나에게 이런 고통이 온 건 어쩌면 잘 기록하라고 온 하나의 임무일지도 모른다. 내 경험을 최대치로 복기하고 정리하자. 그렇게 생각하면 원인을 알 수 없는 만성 통증도 조금은 정당해질 수 있었다. 그렇게 합리화할 수 있었다.

이제 우울은 나를 망쳐놓지 않는다. 우울과도 잘 살아갈 수 있는 힘이 생겼다. 우울이 매일이 아니라 가끔이 되었을 때, 우울'증'이 아니라 우울한 기분이 될 때 그건 치료됐다고 봐도 무방하다. 우울을 병이 아니라 하나의 무드로 만들기. 네 개의 계절이 있고 일곱 개의 요일이 있고 열두 개의 달이 있듯, 기쁨 슬픔 짜증 화남 그리고 우울. 여러 개의 감정 중에 하나로 여길 수 있다면 괜찮다. 매몰되지 않는 정서가 되는 것이 중요하다.

'우리는 과거로 인해 죽거나 예술가가 된다.'

데버라 리비

과거에서 살아남은 나는 지난 일들을 최대한 정확하게 써내려가며 예술가가 되어보려 한다.

진료의 마지막 감사 인사를 드렸다.

"잘 설명해주셔서 고맙습니다."

선생님이 말했다.

"당연하죠. 의사니까요!"

내 낡은 우울증은 설명을 잘해주는 좋은 의사를 만나 많은 이야기를 듣고 난 후 회복을 포기하지 않는 착실한 환자가 되어 성실하게 약을 먹고 치유되었다. 정말 우울은 치료가 가능한 병이었다. 이제 삶의 다음 단계가 올 것 같다.

긴 세월을 우울과 함께 살았으면서

우울은 자꾸만 이상하다고 생각했다.

나도 그랬고, 남도 그랬다. 나는 이 우울을

나약하다 여겼고 남은 이 우울을

유난이라 여겼다. 이제 나는 모두가

우울을 별거 아니라 생각해야 한다고 믿는다.

때론 대수롭지 않게 여기는 삶의 대충이

우리에겐 필요하기 때문이다. 때론 그 대충이

우리를 고통에서 해방시켜 줄 거라고 생각한다.

밥벌이와 밥하기

외롭고 지겹지 않은 엄마와 아빠를 위해

의미가 있고 자유가 있고 평등이 있을 것.

'부처夫妻간의 문답', 나혜석

깜깜한 밤 우리네 아버지들은 돈벌이의 고됨을 소주 한 잔으로 풀고 통닭 한 마리를 포장해 집에 들어와 현관문에서 외치곤 했다. "얘들아! 나와서 통닭 먹어라!" 온종일 집안일과 돌봄에 지친 어머니가 이제 막 아이들을 재운 후 겨우 고요해진 집 안의 적막은 그렇게 깨졌다. 어머니는 부랴부랴 아버지를 말려보지만 소용이 없었다. 기어코 아이들이 방문을 열고 나와 눈도 못 뜬 채 닭고기 한 점을 억지로 씹고 다시 들어가야 이 소란은 끝이 났다. 종일 집에서 아이들과 부대낀 엄마는 자식들이 얼른 자길 바랐고, 종일 밖에서 고된 노동에 지친 아빠는 자식들이 보고 싶었을 뿐이다.

아들과 딸을 위해 아빠는 돈'만' 벌고 엄마는 집안일과 육아'만' 했던 시절이었다. 여유가 없고 가난했던 시절 책상에 금 긋듯 남편과 아내, 남자와 여자의 역할이 갈려 서로의 고단도 이해받지 못하고 그저 각자의 몫으로만 남았던 날들. 그러니 남편은 아내에게 '집구석에 있으면서 힘들긴 뭐가 힘드냐고' 아내는 남편에게 '내가 돈만 벌었으면 벌써 이혼했다고' 집집마다 부부싸움 소리가 넘쳐나던 때였다.

문제는 그것이었다. 경제적 책무만이 가장의 역할이라 믿었던 아빠는 아이들의 성장을 곁에서 지켜보지 못했다. 돈을 버느라 아내, 자식들과 함께 보내는 시간과 나누는 대화는 너무 적었다. 차려진 밥상과 치워진 집 안, 자라난 아이들을 봤을 뿐, 집안일의 메커니즘과 살림살이의 형세와 아들과 딸의 속마음은 알 수 없었다. 아이들은 아빠가 낯설었고 멀기만 했다. 아버지는 가족을 위해 누구보다 열심히 살았지만, 삶이 외로웠다.

가사와 육아를 혼자 한가득 떠안아야 했던 엄마는 집안일이 지긋지긋했다. 자식의 성장을 보는 일은 보람이었지만 집안일은 끊임없이 해도 집 안에 한정되어 있다는 이유로 티 나지 않았고 보상과 인정도 없었다. 자신의 이름을 지우고 꿈도

접고 오로지 엄마로 아내로. 한 존재가 지워지고 자식들이 자랐다. 돈을 벌지 못한다는 이유로 무조건 아끼고 주눅 들어야 했다. 어머니는 식구를 위해 누구보다 열심히 희생했지만, 삶이 지겨웠다.

외로운 삶도 지겨운 삶도 누구도 바라는 게 아니었을 것이다. 과거의 환경이, 가난이 시절이, 갈라진 남녀의 역할이 발전과 진보와 평등을 더디게 했을 것이다. 이제 시대는 변했고 남편과 아내, 아빠와 엄마, 남자와 여자 사이에 그어져 있던 금은 조금씩 지워지고 있다. 가정 안에서 일만 했던 아버지 아래 자란 아들은 정서적 유대를 원했고, 집안일만 했던 어머니 아래 자란 딸은 집 밖 일을 하길 원했기 때문이다. 서로에게 필요하지만 부족했던 성장 조건이었다. 경제성장, 환경의 변화와 함께 우리는 돈만 버는 남편과 아빠, 육아만 하는 아내와 엄마가 전부가 아님을 알게 되었다. '라테파파'가 생겨났고 '워킹맘'이 늘었다.

하지만 시대는 변화를 수용하지 못하고, 정책은 요구를 반영하지 못하고, 행동은 인식을 따라잡지 못해 여전히 외롭고 지겨운 사람들이 많다. 아이가 태어나도 일을 쉴 수 없어 신생아 목욕 한 번 해보지 못한 아빠와 육아휴직이 경력단절로 이어지는 엄마는 지금의 현실이다. 늘고 있는 추세이긴 하지만 남성육아휴직은 용기와 눈치, 강력한 제도가 필요한 일이고, 출산 후 복직은 돌봄을 대체해줄 누군가와 일자리의 보장이 필요한 일이기 때문이다. 아직도 이 영역에 대한 서로의 이해와 인식은 좁다. 대책만 요구되고 개혁은 없다.

　돈 버는 아버지와 아이 키우는 어머니가 당연했듯, 육아하는 아빠와 일하는 엄마도 당연해야 하고 수월해야 한다. 개인과 부부만이 고군분투하는 게 아니라 국가적 지원과 책임이 따르는 체계 안에서 일과 소득이 보장되어야 한다.

　중요한 건 그 누구에게도 쏠려 있지 않고 강요되지 않는 밥벌이와 밥하기다. 과거에 구분 지어졌던 가정 안의 성 역할과 책임의 경계는 이제 지워져야 한다. 같이 고민하고 함께 키우고 모두 도와야 한다. 밥 벌어 먹고사는 것도, 밥하고 먹고 치우는 것도 다 같이 힘들고 고된 일이다.

　아빠가 기저귀 갈고 목욕시키고 이유식 만들 수 있게, 엄마가 일하고 돈 벌고 승진할 수 있게, 서로의 집안일과 집 밖 일을 이해하고 응원할 수 있게, 그렇게 부모가 되어갈 수 있게, 그래서 모두의 삶이 행복할 수 있게 이제는 인식도 제도도 진짜 바뀌어야 한다.

그 많던 예산과 정책은
다 어떻게 된 걸까?

전지적 엄마 시점의 이야기

태도가 마음이며,

형식이 내용이고,

언어가 곧 정치다.

《말을 부수는 말》, 이라영

.

2006년 영국 옥스퍼드대 인구문제 연구소의 한 교수는 '대한민국은 지구상 최우선 소멸국가 1호가 될 것'이라고 말했다. 2009년 당시 보건복지부 장관은 '북핵보다 더 무서운 게 저출산 문제'라고 경고했다. 2020년 사망자가 출생아보다 많은 '데드크로스'가 시작됐고, 2021년 한 대학의 석좌교수는 '대한민국 사회에서 애를 낳는 사람은 바보'라고 말했다.

2022년 테슬라의 CEO 일론 머스크는 '한국이 세계에서 가장 빠른 인구 붕괴를 겪는 중'이라고 했고, 뉴스 속 기자는 '앞으로 5천만 인구라는 표현은 쓸 수 없을 것'이라고 말했다. 2023년 미국의 한 대학 명예교수는 '이 정도로 낮은 출산율은 들어본 적도 없다'며, 머리를 부여잡고 '대한민국 완전히 망했네요'라고 말했다. 2006년부터 400조 가까운 저출산 관련 예산과 여러 정책이 쏟아졌고, 그 결과 2022년 우리나라 합계출산율은 0.78명으로 전 세계 198개국 중 꼴찌다. 그 많던 예산과 정책은 다 어떻게 된 걸까?

정부 정책기관 관계자와 학자들, 언론인과 다른 나라의 교수와 사업가까지 하나같이 심각한 저출산으로 인해 초래되는 인구절벽과 고령화사회, 노동력부족과 소비감소로 인한 경제 저성장, 나아가 국가의 존폐까지 우려하고 있다. 하지만 나는 말하고 싶다. 2020년 출산해 세 돌이 지난 아이를 낳아 기르고 있는 엄마로서, 출산 후 경력단절을 겪었으나 지금은 워킹맘으로서, 무엇보다 배 속에 생명을 열 달 동안 품고 아이를 낳아본 여성으로서, 엄마의 고충과 워킹맘의 고됨과 여성의 고통에 대해. 그 이야기가 초저출생 시대에 필요한 진짜 이야기가 아닐까. 적어도 임신, 출산, 육아의 영역에서는 국가적 차원의 거시적인 담론만큼이나 '전지적 엄마 시점'의 이야기가 필요하다고 생각한다.

경제불황, 취업난, 고용불안정과 집값 상승. 당연히 젊은 청년들이 미래를 계획할 때 꿈는 결혼과 출산의 거대 걸림돌이다. 비혼과 딩크는 어쩌면 시대와 사회가 선택하게 만든 결과이기도 하다. 먼저 그보다 더 가까이 접근해보자. 결혼한 신혼부부, 그중에서도 임신과 출산을 직접 해내야 할 아내, '엄마'라는 인생의 가장 큰 변화를 받아들여야 할 여성의 관점으로.

'여성'이 출산을 꺼리는 이유와 원인에는 여러 가지가 있겠지만 그중 가장 큰 두려움은 '경력단절'이고 가장 힘든 것 중 하나는 '독박육아'를 꼽을 수 있다. 엄마로 살아본 적 없는 한 여성이 엄마가 되는 일은 설레고 기쁜 일이지만, 자기만의 생을 살아온 한 여성이 엄마'만'으로 살아야 하는 일은 두렵고 힘든 일이기 때문이다. 이 두 가지가 여성이 아이를 갖느냐 마느냐에 영향을 미치는 가장 큰 핵심이라고도 할 수 있다.

출산으로 인해 지금껏 내가 힘들이고 노력해 일궈낸 것들을 한순간에 포기해야 하고, 일에 비해 보상과 인정도 적은 돌봄과 가사노동을 끊임없이 반복하며 살아야 한다면 그 누가 기꺼이 아이를 낳으려 할까. 경력단절과 독박육아는 단순한 중단과 감당이 아니다. 한 사람을 아프게 하고 절망하게 하는 일이다. 그 결과로 출산한 많은 여성들이 산후우울증을 앓고 '경단녀'가 되며 출산하지 않은 여성들은 그들을 보며 영원히 아이를 낳지 않기로 결심한다. 물론 사람에 따라 다르겠지만 그들은 아이를 포기하고 싶다기보다 나를 포기하고 싶지 않은 마음이 더 큰 것이다.

때문에 저출생 대책의 방향은 명확하다. '일의 지속과 돌봄 지원' 바로 일과 가정의 양립이다. (물론 이 외에도 상세하게 논의되어야 할 건 너무나 많다.) 출산의 앞, 뒤로 이전에 해왔던 일을 계속할 수 있어야 하고 새로운 돌봄이라는 노동에 분담과 도움이 있어야 한다. 이것이 아이 키우기 좋은 환경과 나라를 만들기 위한 명징한 명제다. 똑같긴 힘들겠지만 몸도 마음도 아이 낳기 전의 상태로 최대한 회복할 수 있도록, 새롭게 시작된 엄마로서의 삶도 도움받고 인정받을 수 있도록, 남편과 가족, 주변인과 사회가 함께 나서야 한다.

그러나 일과 돌봄은 동시가 어려워 자꾸만 하나를 포기하게 만드는 게 현실이다. 오죽하면 엄마들 사이에서 이런 말이 있겠는가. '첫째를 낳으면 일을 포기해야 하고, 둘째를 낳으면 인생을 포기해야 한다'고. 아이를 낳을수록 자꾸만 나의 무언가를 포기해야 하는 상황에서 포기를 하지 않으려면 결국 출산을 포기할 수밖에 없는 것이다.

잉태와 출산과 신생아 돌봄은 어쩔 수 없는 단절을 수반하는 일이다. 변화하고 무거워지는 몸이, 자꾸만 생겨나는 새로운 증상들이, 엄청난 통증인 산통과 개복이, 갓 태어난 신생아가 일상과 일을 멈추게 한다. 육아 자체만으로 너무나 버겁고 힘겨운 일이므로 어떤 일이든 병행하기가 힘들다. 혼자서는 아무것도 할 수 없는 아이가 끊임없이 울고 먹고 자란다. 모든 것을 멈추고 오롯이 돌봄을 해내야 하는 시기이며, 동시에 모든 것을 멈추고 충분히 쉬어야 하는 시기이기도 하다. 모두가 출산한 여성의 이 단절과 멈춤의 시간을 이해하고 기다려주고 함께 버텨주며 이를 전제하에 모든 계획과 제도가 만들어져야 한다.

정부는 매년 예산을 늘린다. 예산 '만' 늘린다.

아이가 태어나면 받는 국가 출산지원금은 매년 늘고 있다. 가정 돌봄을 기준으로 2022년 월 30만 원이던 영아 수당은 23년부터 '부모 급여'라는 이름으로 0세 기준 70만 원이 되었다. 각 지자체에서 지급하는 자녀 수에 따른 장려금 또한 매해 새롭게 바뀌고 늘어나고 있다. 인천 강화에서 첫째 아이를 낳고 키우면 최대 740만 원까지 받을 수 있고, 경북 문경에서 둘째를 낳으면 최대 40개월간 1,340만 원을 받을 수 있다. 전남 영광에서 셋째를 낳는다면 최대 3,000만 원의 출산장려금을 받는다.

월 70만 원의 부모 급여와 각 시마다 지급하는 출생축하금, 출산장려금, 생일축하금 등 이름만 달리하는 각종 지원금은 액수로만 따지자면 아주 충분하지도 않겠지만 (육아에서 돈은 끊임없이 드는 일이므로) 결코 적은 것도 아니다. 2023년에 태어나는 아이가 한 해 지원받는 정부 지원금만 다 합치면 약 1,200만 원 정도라고 한다. 하지만 지원금을 늘린다고 늘어날 출산율이라면 매년 인상분만큼 올라야 하지 않을까. 자녀 수에 따라 현금성 지원을 늘리는 제도 역시나 수년째 반복되어 왔지만, 출산율은 반대로 계속 떨어지고 있다. '더 낳으면 더 줄게'식의 예산편성과 지원정책은 실효성이 없다.

가임여성 한 명당 낳을 것으로 기대되는 평균 출생아 수가 한 명도 되지 않는데 둘째와 셋째에게 더 많은 지원금을 준다는 게 과연 얼마나 효과가 있을까. 저출산 정책의 방향을 '다자녀'로 맞추지 말고 처음 엄마 아빠가 될 예비 부모를 위한 지원에 더 초점을 두어야 한다. 돈을 더 많이 준다고 둘째를 낳게 되는 게 아니라 첫 아이를 낳아 기르는 데 필요한 제도와 혜택을 누리게 된다면 둘째도 계획해볼 수 있는 것이다. 그럼에도 불구하고 매년 발표되는 저출산 대책 정책들은 그저 예산 늘리기 수준을 벗어나지 못한다.

사실 자본주의 사회에서 모든 정책에 가장 간단한 방법은 돈을 지급하는 것 아닌가. 포퓰리즘이라며 비난받아도 매 선거 때마다 등장하는 각종 '지원금 확대' 공약들. 하지만 크게 간과한 게 있다. 육아는 돈이 들지만 돌봄은 돈보다 사람이 필요한 일이다. 늙고 약해진 조부모를 소환하거나 아이 돌보미를 고용하거나, 여건과 형편상 조부모도 돌보미에게도 도움받을 수 없는 가정은 부부 중 월급이 적은 누군가가 일을 포기하고 독박육아를 해야 한다. 2021년 기준 대졸 여성 근로자의 평균임금은 남성 근로자의 약 70% 수준이다. 휴직은 퇴사가 되고 여성의 경력은 단절되고 결국 전업주부로 귀결된다. 어떤 업을 이루고 어떤 생을 살아왔건 출산 후 한쪽 성별의 서사가 그렇게 끊기고 같아진다. 아이가 자란 후 일을 하고 싶은 엄마는 엄마로만 있었던 시간만큼 재취업이 두렵고 어렵다. 아이가 초등학교에 입학한 후 다시 취업을 하기 위해 면접을 보고 있는 내 친구는 어떤 회사에 지원하든 매번 똑같은 질문을 받았다. "아이가 몇 살인가요?" "아이는 누가 데리러 가나요?"

그리고 은희경의 소설《새의 선물》에는 이런 문장이 있다. '아줌마들은 자기의 삶을 너무 빨리 결론 짓는다.' 사회와 구조가 아줌마들의 삶을 아줌마로만 살 수밖에 없게 결론 지어준 건 아닐까?

'아빠'에게도 신생아를 돌볼 시간과 경험이 필요하다.

출산 직후 신생아를 돌보는 일은 엄청난 혼돈과 고됨의 연속이다. 살면서 처음 해보는 한 생명을 길러내야 하는 생경하고 고단한 '육아 노동'이 시작된다. 이 기간에 부부가 '함께' 신생아를 돌보는 건 너무나 중요하다. 육아 분담의 차원을 넘어 상대방을 이해하고 존중하는 태도가 만들어지기 때문이다. 아빠와 엄마의 '함께 돌봄'이 가능해지려면 가장 중요한 건 출산 후 휴가와 육아휴직인데, 여기에서 또 중요한 건 단순히 기간만 늘리는 정부의 정책보다 실제 직장 안에서 얼마나 눈치 보지 않고 어렵지 않게 '아빠'가 쓸 수 있느냐다.

현재 대한민국 사회에서 남성이 출산휴가나 육아휴직을 쓰게 되면 어떻게 될까? 상대적으로 남성의 육아휴직률이 높은 공무원과 대기업 직원을 제외하면 현실은 이렇다.

"애를 니가 낳냐?" 있어도 못 쓰는 '배우자 출산휴가'

"괴롭혀 퇴사시켜라"… 육아휴직 쓴 아빠에게 내려진 '처벌'

'CEO가 사용하면 모를까, 남성 육아휴직은 승진의 약점'

육아휴직 '그림의 떡'… 여성 경력단절·남성 승진 포기 각오해야

모두 '남성 육아휴직'을 검색하면 볼 수 있는 실제 기사 제목들이다. 있어도 못 쓰는 배우자 출산 휴가 관련 기사에는 이런 댓글이 달려 있다.

'우리나라의 실상은 아직도 후진국이다. 니가 애 낳냐니. 그럼 애를 혼자 낳냐? 아내의 몸으로 부부의 애를 낳는 거지. 아무리 출산 정책 뭘 시행한다 어쩐다 해도 속부터 이런 개념이 가득하기 때문에 우리나라는 아직 멀었다.'

'사정상 양가 도움 없이 배우자 3일 출산 휴가뿐인 채로 조리원 나와서 혼자 아픈 몸으로 신생아 달래느라 쩔쩔매는 거 진짜 눈물 나더라고요. 내가 좋아 낳았지만 너무 힘든 건 사실이에요. 애 하나도 이런데 어떻게 인구가 늘겠나 싶네요.'

아빠가 육아휴직을 쓰지 못하면 신생아를 돌보는 일이 얼마나 고되고 힘든지에 대한 경험이 부족하거나 없게 된다. 아

빠의 육아는 퇴근 후 잠깐이나 주말로 한정되고 그 제한만큼 이해의 폭도 줄어든다. 육아는 이벤트가 아니다. 하루 중 몇 시간 혹은 휴일에만 하는 주말 아르바이트가 절대 아닌 것이다. 돌봄이 힘든 이유는 돌봄 자체보다 돌봄을 끊임없이 반복해야 하는 데에 있다. 그런데 잠깐씩 '참여'하는 육아로는 이 일이 얼마나 고된지 다 알지 못한다. 너무 힘들고 우울하다 토로하는 아내의 상태를 온전히 공감할 수 없다. 집 안에서 애 보는 것보다 집 밖에서 돈 버는 게 훨씬 어렵고 대단한 일이라고 잘못 생각하게 된다.

아이를 출산한 후에도 휴가와 휴직을 충분히 쓰지 못해 전과 똑같이 일해야 하는 남편은 야근도 새벽 기상도 똑같기에 아내는 온종일 독박육아를 하면서도 일찍 출근해야 하는 남편을 위해 늦은 밤 홀로 또 아이를 끌어안고 방으로 들어간다. 출산한 몸은 골병이 들고 우울감은 우울증이 된다. 자영업을 하는 아빠는 쉬는 날만큼 매출이 줄기에 태어난 아이를 생각하면 휴직은커녕 오히려 쉬는 날 없이 일해야 한다. 특수고용직이나 프리랜서 아빠는 아예 꿈도 못 꾼다. 이들은 잠들어 있는 아이 얼굴만 본다. 아내에게 아이는 내 모든 걸 갈아 넣어 자란 존재고 아빠에게 아이는 저절로 큰 존재가 된다. 언제까지 아빠는 돈만 벌고 엄마는 집안일과 육아만 해야 할까. 옛날 아빠의 아버지는 그래서 평생을 자식들을 위해 돈 버느라 함께한 시간이 적어 가족 안에서 항상 낯설고 불편한 존재가 되었지만, 지금의 아빠는 그런 아빠가 되어서는 안 된다. 아이와 함께한 시간만큼 애착은 생겨나기 마련이고 세상 모든 아이들에게는 엄마와 아빠의 사랑과 돌봄을 똑같이 듬뿍 받고 자랄 권리가 있다.

박연준 시인은 '조건 없이 사랑해주는 엄마를 가진다는 것. 그것은 세상 무엇과도 싸울 필요가 없다는 뜻이다'라고 썼다. 표현을 빌려, 조건 없이 사랑해주는 엄마와 아빠를 가진다는 건 생을 살아가는 데 필요한 가장 든든하고 좋은 무기 둘을 아이의 오른손과 왼손에 쥐여주는 일이다.

부모 모두가 편하고 쉽게 쓸 수 있는 휴직과 휴직자를 위한 지원금이 전폭적으로 필요하다. 신생아와 보통 백일 전의 영아기 아이는 수면시간이 두세 시간으로 짧기 때문에 이때가 가장 힘든 시기다. 부부가 함께 이 기간을 보낼 수 있어야 한다. 직장인이라면 최소 3개월의 남성 '의무' 휴직 기간과 월급, 자영업자나 프리랜서, 특수고용직 등의 경우는 일정 기간 동안의 소득을 보장해준다면 가능하다. 그 후에는 개인의 선택으로 부부가 함께 유연하게 연장하고 활용할 수 있도록 해야 한다.

지금도 제도는 있다. '배우자 출산 휴가'뿐 아니라 '부부동시 육아휴직', '고용보험 미적용자 출산급여', '예술인 출산전후급여'…. 문제는 부족한 기간과 까다롭고 복잡한 조건, 홍보 부족이다. 열흘뿐인 배우자 출산 휴가, 육아휴직 신청 시 사업주가 반드시 승인을 해야 하는 과정, 출산일 현재도 소득 활동을 하고 있어야 한다는 증명 등 너무 많은 서류와 절차가 있어야 한다. 프리랜서인 나 역시나 고용보험 미적용자 출산급여를 받기 위해 한참 전에 그만두었던 회사에 만삭의 몸으로 찾아가 서류와는 상관없는 '근황 토크'와 '표정 관리'를 하며 부탁 후 해촉증명서를 받아 소득 활동 증빙 서류를 구비해 신청할 수 있었다. 그때 받았던 150만 원의 지원금으로 기저귀와 분유, 손목 보호대와 수유패드를 샀다.

쉼과 돈이 보장될 때 휴직은 거리낌이나 걱정 없이 이뤄질 수 있다. 남편과 아내가 함께 사랑하는 아이를 잘 키우기로 결심하고 임신을 하고 출산을 했는데 왜 함께 돌볼 수 없는지 그 원인을 생각하면 답은 명확해진다.

'부모 휴가'를 자녀당 480일까지 쓸 수 있고 그 중 남성이 최소 90일 이상을 의무적으로 사용해야 하는 스웨덴에서는 1974년부터 저출산 문제를 겪었지만, 남성 휴가를 의무적으로 만든 제도 덕분에 지금은 OECD 가입국 평균 이상의 출산율을 기록 중이다. 유아차를 끌며 커피를 마시는 '라테파파'들이 그렇게 생겨났다. 또 '부모 휴가' 기간 480일 중 390일은 육아휴직 직전 소득의 80%가 보장된다.

부부가 함께 아이를 돌보며 나타난 긍정적인 결과는 여기서 끝이 아니다. 엄마가 병원에 입원할 확률이 14% 줄어들고, 정신과 약을 처방받을 확률도 26%나 줄었다는 조사 결과도 있다. 노르웨이, 덴마크, 아이슬란드, 핀란드 모두 '육아휴직 아빠 할당제'를 통해 출산율이 올라갔다. 이미 여러 나라에서 증명된 저출생 극복 방법이다. 우리나라에서도 몇 년 전부터 남성의 육아휴직을 의무화하는 방안을 논의 중에 있는데, 문제는 아직도 논의 중에 있다는 것이다. 논의는 과정일 뿐 해결책이 되지 못한다. OECD 국가에서 엄마 아빠가 어린 자녀와 하루 동안 보내는 시간을 측정한 자료에 따르면 한국이 미취학 시기 아빠가 아이와 함께 보내는 시간이 가장 적었다.

우리나라에도 아주 먼 옛날 바람직한 출산제도가 존재했다. 1426년 세종 8년 '노비가 아이를 낳으면 휴가를 백일 동안 주게 하고, 이를 일정한 규정으로 삼게 하라' 했다. 1430년 세종 12년에는 '산기에 임박하여 복무하였다가 몸이 지치면

곧 미처 집에까지 가기 전에 아이를 낳는 경우가 있으니 만일 산기에 임하여 1개월간의 복무를 면제하여 주라'고 했다. 1434년 세종 16년에는 '임신하였거나 출산 후 백일이 안 된 여종에게 일을 시키지 말라 함은 일찍이 법으로 세웠으니 그 남편에게는 휴가를 주지 않아 산모를 구호할 수 없게 되니, 한갓 부부가 서로 구원하는 뜻에 어긋날 뿐 아니라 이 때문에 혹 목숨을 잃는 일까지 있어 진실로 가엾다 할 것이다. 이제부터는 그 남편도 만 30일 뒤에 일하게 하라'고 했다. 약 600년 전 이미 우리나라에는 의무 산전 후 육아휴직뿐 아니라 남편 할당제가 존재했었다. 출산 정책은 21세기보다 세종대왕 때가 더 나았다.

남성과 여성의 출산과 육아로 인한 휴직 기간 격차가 줄어들 때 모두의 경력은 마침표가 아닌 쉼표로 대체될 수 있다. 조직은 개인의 합으로 구성되어 있지만, 개인은 조직을 위해서만 존재하지 않는다. 각자의 삶과 상황이 존중받을 때 그런 구성원으로 이루어진 조직은 더 발전하고 건강해질 수 있다. 남성과 여성 모두 마찬가지다.

소위 '저출산 대책'이라고 내놓는 정책들이 실패할 수밖에 없는 이유는 이 모든 정책이 남성의 삶은 무엇 하나 건드리려고 하지 않은 채 여성의 삶만 이리저리 자르고 붙이고 하기 때문이다. 경제학자 김정호는 스웨덴과 프랑스의 사례를 들며 저출생 대책이 성평등 실현 없이는 어렵다는 사실을 지적하면서 "사회에 가려져 있던 남성을 호출해야 할 때"라고 말한다.

《말을 부수라는 말》, 이라영

아내가 만삭일 때부터 출산 휴가와 육아휴직을 꽤 길게 쓸 수 있었던 대기업을 다니는 지인의 남편은 아내가 막달에 무거워진 배에 숨이 차 걷기도 힘들고 태동과 통증으로 잠도 잘 못 자는 것도 옆에서 다 보았고, 자연주의 출산을 선택하며 출산의 과정도 처음부터 함께 다 지켜보았다. 분유를 타고 트림을 시키고 기저귀를 갈고 목욕을 시키고 잠을 못 자며 신생아 육아도 부부가 집에서 온전히 함께했다. 그러면서 조부모의 도움을 받지 못하는 상황을 원망하지 않게 되었고 한 집에 육아의 달인이 둘이 되었다. 그는 말했다. 자기 부부는 사랑을 넘어 전우애가 생겼다고. 출산과 돌봄이라는 전쟁터에서 함께 싸우고 의지하며 생명을 길러낸 그 시간이 없었다면 아내와 육아에 대한 이해가 이만큼 생기지 못했을 것이라고. 덕분에 아내는 우울증 없이 빠른 회복으로 예상보다 일찍 직장에 복귀할 수 있었다고 말이다. 직장인이든 아니든 대기업이든 아니든 모든 남성이 이런 '혜택'을 누려야 한다.

 '적절한 대응책은 문화와 상황을 바꾸는 것'이라고 리베카 솔닛은 말했다. 내가 포기해야 하는 것은 돈으로 무마되는 것이 아니라 포기하지 않아도 될 때 괜찮아지는 것이다. 모든 제도에는 반대와 과도기가 있다. 그 시기를 줄이는 건 전폭적인 지원과 대대적인 개편, 의무적인 절차다. 남성이 경제를 여성이 육아를 전적으로 책임지는 과거의 문화가 바뀌고 한국의 라테파파들이 늘어날 때 출산율 상승과 남녀평등, 나아가 인간의 이해도 모두 가능한 것이다.

내 주변 누군가 아이를 낳겠다고 하면

막연한 희망과 기대보다 구체적인 계획과

준비에 대해 먼저 얘기해주고 싶다.

아이가 주는 선명한 기쁨과 행복은 말하지

않아도 무한히 느낄 수 있으니

임신과 출산과 육아에 관해 덜 아프고

덜 힘들고 더 나은 방법에 대한

담론과 제도가 우리에게는 훨씬 더 중요하다.

———————————

가성비 없는 삶

엄마로 살고 '나'로도 살기

시인도 엄마도 모두 나라는 사람의

소중한 '부캐'다.

《쓰지 못한 몸으로 잠이 들었다》, 조혜은

아이는 걷는 법이 없다. 너르지도 못한 집 안에서도 드넓은 공원 잔디밭에서도 매번 뛴다. 거실과 방, 식탁과 서랍장, 책상과 의자, 각종 물건과 장난감 사이를 마구 비집고 뛰어다니다 부딪히고 넘어져도 역시나 뛴다. '지치지도 않을까…' 만들어진 지 얼마 안 된 심장은 뛰기에 바쁘다.

회사에 열정 많은 한 선배는 항상 화가 나 있다. 일이 많아서, 다른 직원이 자기만큼 따라와 주지 않아서, 더 좋은 결과물을 내고 싶어서. 입사한 지 10년이 넘었는데도 신입사원처럼 일한다. 사실 '화'라는 건 열의 다른 표현이고 일종의 에너지이기도 하다. 마음과 의지가 있어야 낼 수 있는 노여움이다.

내 남편은 대화와 수다에 대한 맹렬한 욕구가 있다. 일이 끝나고 집에 오면 말이 하기 싫은 나와 달리 장소와 대상, 시간과 주제에 상관없이 생각을 자주 말하고 싶어 한다. 아직 완벽한 문장을 구사하는 능력이 없는 딸아이를 붙잡고 오만 가지 말을 쏟아낸다. 들어주는 사람만 있다면 나이와 성별에 상관없이 계속 대화가 가능하다.

매번 뛰는 아이도, 항상 화가 나 있는 회사 선배도, 끊임없는 대화를 좋아하는 남편도 다 힘이 있는 사람이다. 부럽고 대단하다. 그들은 이제 나와 다른 형태의 사람 같다. 나도 출산 전에는 뛰어다니고 화도 내고 수다도 대화도 많이 했었다. 하지만 이제 나는 무얼 하든 무얼 하지 않든, 반드시 쉬어야 하는 사람이 됐다. 느끼는 감정들도 표출하기보단 삭이고 말하기보단 쓰기를 택한다. 걷고, 무뎌지고, 조용해졌다. 그런 생의 주기가 엄마라는 역할과 함께 찾아왔음을 느낀다.

첫 책을 내고 이제 막 쓰는 기쁨과 행복을 알게 되었을 때 아이를 출산했다. 산모가 되자 제일 불가능했던 건 읽기와 쓰기였다. 신생아를 두고 먹고 자고 화장실에 가는 것도 힘든 상태가 되었으니 그건 가장 큰 사치였다. 작가라는 이름은 엄마로 뒤덮였다. 새로운 것이 오래된 걸 대체하는 법이라지만 새로운 것이 더 새로운 것으로 갈음되기도 하니까. '임희정'으로 살던 나는 '작가'라는 새 이름이 생겼는데 다 '엄마'로 대체되었다고나 할까.

엄마가 된 삶 속에 나의 욕구와 현실은 서로 저 멀리 동떨어져 있었다. 아이 분유를 먹이면서도 읽고 싶었고 재우면서도 쓰고 싶었다. 종일 우는 아이를 두고 혼자만의 시간에 갇혀 사색하고 싶었고, 주말에는 아이와 계속 놀아주면서도 주말 중 단 하루라도 온전히 내가 쉴 수 있거나 내가 하고 싶은 걸 할 수 있다면 어땠을까. 꾸준히 썼다면 두 번째 책도 이미 나왔을 텐데 생각했다. 육아하면서도 자꾸만 마음은 책장과 책장 사이를, 엄마인 나와 그냥 나 사이를 오갔다. 때로는 내 몫의 돌봄도 미루고 도망가고 싶기도 했다.

아이를 사랑하는 마음과는 별개로 내 앞에 놓인 너무나 작고 거대한 아이는 나를 짓누르고, 심장 뛰듯 반복되는 양가감정은 자책과 원망, 환희와 우울을 동반했다. 육아란 그런 것이었다. 끊임없는 감정의 모순이 반복되는 일. 기꺼이 하면서도 기쁘지만은 않은 일. 내 모든 걸 내어주면서도 내가 사라질까 두려운 일. 이 혼란스러운 감정을 최대한 많은 이들이 이해하고 이해받을 때 엄마는 최선을 다하면서도 죄스러운 이상한 죄책감을 내려놓을 수 있지 않을까.

　나 또한 일 잘하는 아나운서, 글 잘 쓰는 작가, 최선을 다하는 엄마가 되려고 하다 일도 잘 못 했고, 글도 잘 못 썼고, 엄마라는 역할도 버거웠다. 엄마인 나는 작가가 되고 싶었고, 작가인 나는 엄마가 되어버렸다. 그리고 아나운서인 나는 엄마도 작가도 온전히 되기 힘겨웠다. 육아와 글쓰기와 일을 동시에 잘 해내기 위해서는 세 개의 몸이 필요했다. 세 사람이 한 사람의 일을 나눠서 할 순 있어도 한 사람이 세 사람의 몫을 완벽하게 해내기란 불가능에 가깝다. 세 몫을 다 해내려다 세 배로 아프기만 했다. 출산 전의 나와 출산 후의 내가 노력한다면 이어질 줄 알았는데 욕심이고 불가능했다. 완벽한 인간이 존재하지 않듯 슈퍼우먼도 있을 수 없다. 엄마가 되어서도 여전히 내 머리는 하나, 팔과 다리는 두 개라는 걸 인정하는 데 한참의 시간이 걸렸다.

　아이 있는 삶은 사는 게 아니라 살아내는 게 아닐까. 나는 살아내서 길러야 한다. 아이가 태어나면 모든 일과 계획, 고민과 감정은 아이 몫을 포함해 두 배 이상이 되므로. 감정은 매번 소진되고 체력은 번번이 고갈되고 그래도 한 몸으로 자신과 아이를 동시에 돌보며 일도 해야 하므로. 아이가 어느 정도 클 때까지는 뺄 수 있는 게 없으면 살 수 없다. 인정하고 덜어내야 한다. 그 시기를 통과하며 내가 살아날 수 있는 방법을 찾아야 한다.

영양제 챙겨 먹고 집안일 '덜'하고 한 번에 하나만 하고 엄마와 나를 구분하고 엄마가 아닌 시간을 반드시 확보하는 일까지. 모두 다 내가 살려고 해야 하는 일이다. 이제 해야 할 일만큼이나 하지 않아야 할 일에 대해서도 생각한다. 안 해도 될 일과, 미룰 수 있는 일과, 꼭 내가 아니어도 될 일을 고른다. 그래야 살 수 있음을 알게 됐기 때문이다.

엄마가 된 나는 요령을 피우기로 했다. 적당히 넘어가는 잔꾀가 아니라 일을 하는 데 꼭 필요한 이치와 삶의 가장 긴요한 골자가 무엇인지 생각하고 고르는 요령 말이다. 예전엔 맘만 먹으면 할 수 있는 일들이 이제는 맘만 먹어서는 안 되는 일이 되어버렸으니까. 그러니 내가 가장 하고 싶고, 나에게 가장 중요하고 필요하고 소중한 것들로 선택한다. 나를 중심에 두고 삶을 선별하며 산다. 못한 거에 아쉬워하기보다는 내가 고른 거에 책임지고 즐기고 만족하려고 노력한다. 무엇보다 나를 소진하지 않고 남겨두는 하루를 살려고 한다.

돈 아끼려고 차선을 선택하지 않고 때로는 돈 써서 내가 편한 게 최선이라고 생각한다. 손목과 허리 아껴주는 육아용품들은 무조건 사고, 아이 반찬 만들다가 피곤해질 바엔 주문하고 아이 한 번 더 안아주고, 당분간 내가 버는 돈은 저축 대신 육아와 나를 위한 소비로 마음먹는다. 가성비 없는 삶도 살아본다. 그래야 일도 하고, 글도 쓰고, 아이도 충분히 안아줄 수 있다. 엄마로 살고 나로도 살 수도 있다.

실력 없이 피우는 요령이 아닌 능력과 이력으로 무장한 요령을 마음껏 피우리라. 이제 나는 무한한 발전과 성장보다 유지와 지탱이 더 중요한 생의 시기가 됐다. 완벽한 엄마라는 이데올로기를 버리고, 동시에 다 하려고 하지 말고, 뭐든 구분 지어 체력과 마음이 허락하는 범위 안에서 하나씩 한다. 엄마라는 의무를 행하면서도 엄마라는 책임감에서 벗어나려 한다. '해방은 변화에 있는 것'이라고 했다. 나는 엄마로 변했고 엄마인 나는 변화할 것이다.

출산이라는 삶의 한 고개를 넘은 내가 앞으로 사는 방법은 다 안 하는 거다. 이제 다 안 하는 게 하는 거다. 아이를 돌보는 일은 먼저 나를 돌봐야 할 수 있는 일이므로 나는 아이를 돌보며 나를 돌본다.

창고를 주세요

내가 나를 보관할 수 있도록

쉬고 싶은 몸은 사이렌처럼 운다.

〈우울한 육체의 시〉, 신현림

아이가 커 갈수록 집 안에서 가장 필요한 건 '공간'이었다. 점점 많아지는 육아용품과 장난감, 살림살이들을 정리하고 담아놓을 커다란 창고가 절실했다. 하지만 세간이 늘어난다고 공간이 늘어나지는 않는 법. 그러니 둘이 살 때는 단 한 번도 좁다 생각해본 적 없는 20평 남짓 집 안이 내 숨을 옥죄어 오는 것처럼 답답해졌다. 아이는 늘어나는 개월 수마다 끊임없이 무언가 필요해지고, 부모는 자라나는 아이에게 계속해서 무언가 해주고 싶고. 그 요구와 욕구 사이 집 안의 여백과 마음의 공백과 삶의 여유는 점점 사라졌다. 육아는 '템빨'이니 자꾸만 사고 싶은 마음과 그 '템'들은 자리를 차지하니 뭐라도 버리고 싶은 마음은 자주 충돌했다.

부재가 존재를 증명한다고 했던 것처럼 어질러져 봐야 그곳에 공간이 있는 줄 알게 된다. 아침에 등원 전쟁을 치르고 난 후와 저녁에 아이가 잠들고 난 후 거실엔 내 몸 하나 누울 공간조차 없었다. 아이 옷과 장난감, 책과 물티슈, 기저귀와 수건, 밥풀과 반찬이 한데 뒤섞여 바닥은 더럽고 어지럽고 보이지 않았다. 다 치우고 난 뒤에야 '아 여기가 거실이었지' 생각하며 그 위에 지쳐 널브러질 수 있었다. 집 평수가 더 넓지 않은 것을 탓하고 싶진 않다. 대궐 같은 집은 아니어도 아이가 없을 땐 남편과 함께 대자로 누울 수도, 큰 상을 펴고 밥을 먹을 수도, 요가 매트를 깔고 스트레칭을 할 수도 있었던 거실이었다.

그 바닥을 확보하려고 부단히도 치우고 쓸고 닦았다. 집 안은 어린아이를 위해 깨끗해야 할 시기였지만, 아이는 뭐든 쏟고 더럽히고 망가트리고 다녔기에 끊임없이 어질러지는 시기이기도 했다. 아이를 쫓아다니며 치웠고 눈 뜨면 쓸었고 잠들기 직전까지 닦았다. 샤워하며 화장실 청소를 동시에 하고 설거지와 빨래를 무한히 반복했으며 청소기를 밀고 걸레를 빠는 일은 일상이었다.

'1인분'이 늘어났다고 집안일이 이렇게나 불어날 수가 있나. 아이가 생긴 후 삶은 매번 분주하고 정신없고 지쳤다. 아이가 없었을 때 일이 많아 바빴던 날들과는 차원이 달랐다. 생이 이렇게나 어지러운데 집까지 마구 어질러져 있으면 화가 났다. 내가 번번이 목도하는 이 집 안 꼴이 나를 미치게 만들었다. '홈 스위트 홈'은 옛말. 집은 또 다른 일터였다. 아이를 키우면서 당연히 집 안은 더러워질 수밖에 없는데 더러운 걸 못 견뎠다. 어느 순간부터 나는 청소에 아주 예민해졌다. 내가 원래 이렇게 깔끔한 성격이었나. 청소하고 청소하고 청소해도 또 청소를 해야 했다.

거실을 둘러보면 바닥에 널브러진 머리카락과 먼지가 보이고 주방에 가면 여기저기 말라붙어 있는 음식물 자국이 눈에 들어오고 화장실에 들어가면 더러운 변기와 물때가 보였다. 이것도 해야 하고 저것도 해야 하고 마음은 바쁘고 몸은 지치고, 아무것도 안 하고 싶은데 아무것도 안 할 수 없었다. 나는 안 씻고 더러운 곳에 있어도 상관없지만 아이는 잘 씻기고 깨끗한 곳에서 자라게 해야 했다. 가지런히 살고 싶었고 말끔하게 키우고 싶었다.

회사 출근을 오후에 하는데 오전 내내 안방과 거실 주방과 화장실을 오가며 치우고 만들고 씻고 닦는 걸 반복했다. 내 일을 하러 가기 전 집안일에 탈진했다. 넘쳐나는 집안일을 하느라 내 일이 밀려나니 억울하고 짜증났다. 그게 또 못마땅했다. 점점 집안일을 하다 울화가 치밀어 오르는 날들이 늘었다. 살림에 치어 사는 게 기운 빠졌다. 사실 집안일은 내 일보다 중요한 게 아닌데. 집안일은 미룰 수도 있고 남편에게 부탁할 수도 있고 덜 할 수도 있지만 내 일은 그렇지 않은데. 나는 왜 자꾸만 집안일에 먼저 쓰러지는가. 으아앙! 쉬고 싶은 나는 종종 집에서 사이렌처럼 갑자기 크게 울곤 했다.

　그러니 창고를 달라. 그곳에 어지러운 살림살이 죄다 밀어 넣어 감출 수 있게. 쌓여 있는 집안일 눈감고 내 몸 숨어 들어갈 수 있게. 나에게 창고를 달라. 집에서도 날 소모하지 않고 내가 나를 보관할 수 있도록. 아무것도 없는 빈 곳, 아무도 없는 빈 시간. 그 틈에서 온전히 쉬고 싶다.

올바른 반성문

완전히 후퇴하지 않기

———————————

형식의 변화는 균질화에 저항하는 한 방법이다.

금정연

   한 권의 책이 될 만큼의 긴 글을 쓰며 내가 겪은 고통에 대해 묘사하고 부당하다 느낀 사회와 제도에 윽박지르고 다른 엄마와 아빠들에게 호소하기도 했지만, 결국 한때 스스로 엄마라는 역할에 높은 기준을 세우고 모성의 고정관념에 젖어 있기도 했던 나를 생각한다.

   가사와 육아 노동의 평등과 분배를 주장했으면서도 남(편)이 하는 걸 못마땅해하고 '내가' 해야 직성이 풀리고, 누군가 강요하지 않았음에도 모성이라 불리는 일들을 몸소 실천했던 그러면서 억울해했던 나를 되돌아본다. 어쩌면 내가 '엄마'라는 역할의 암초일지도 몰랐다.

　아이를 낳고 밀려드는 집안일 속에서도 더 깨끗한 집을 유지하지 못해 불만이었고 극심한 손목 관절 통증으로 고생하면서도 매일 삼시세끼 다른 종류의 이유식을 직접 만들려고 낑낑댔고 '엄마니까' 나도 '이 정도는 해야지' 속박했던 초창기 엄마인 내가 있었다. 그 의욕과 실천은 타인과 본인, 사회와 개인의 합작품일 것이다.

　"주부니까 당연히 그정도는 해야지."
　"엄마라는 사람이 그러면 되나?"
　"그냥 집안일이나 하고 애나 보는 거지 뭐."

　이런 말들은 남성의 입에서 나오는 것만큼이나 여성, 무엇보다 엄마의 말과 생각이 되는 것이 더 위험하다. 소위 말해 여자의 적이 여자가 되는, 여성 스스로가 그 역할을 평가 절하하고 통치는, 여성의 가사와 육아 노동이 계속 여성의 안에서만 맴도는 일들이 줄어들어야 한다.

　물론 오래된 남녀 불평등, 엄마라는 역할에 과한 의무감을 갖게 한 사회적 분위기와 요구, 엄마의 희생이 마치 전통처럼 이어진 관습이 먼저 잘못됐다. 그건 맞다. 그릇된 선행이 현재의 과오를 만든다.

　그다음은 평등의 확장과 의무감의 해제를 위해서 엄마가, 여성이 다른 방식을 시도하고 내려놓는 방법으로의 도모를 해야 한다고 생각한다. 엄마라는 역할의 범위를 다시 설정하고, 모성이 무엇인지 고민하고, 돌봄 노동의 가치를 스스로 먼저 인정하며, 대안을 찾고 나누고 요구하는 방식으로 말이다. 나도 잘하지 못했다. 그래서 이제 잘 해보려 한다. 절이 싫으면 중이 떠난다고 했던가. 떠나지 않고 남아 절을 리모델링하는 것도 가능하다. 골조 자체를 바꾸기 어렵다면 그 위에 새롭게 디자인하며 새집처럼 다시 짓고 싶다. 그 안에서 잘 살아보고 싶다.

　'힌트는 의외의 방향에서 왔다. 그러고 보니 주변에는 '물러
　나는 방식'으로 육아와 타협한 엄마들이 꽤 있었다.
　…
　자신은 육아와 맞지 않는다고 당당하게 말하며 자신에게 맞
　는 방법을 찾고 시도하는 여성들이 늘어나는 건 신나는 일
　이다.'
　《우리는 서로를 구할 수 있을까》, 정지민

이런 타협도 하나의 대안이 될 수 있음을 생각한다.

이제 엄마인 나도 엄마라는 틀에서 벗어나 변화된 시대에 맞는 생활 양식과 제도를 위해 실천할 수 있는 행동과 절충에 대해 고민한다. 예컨대 일종의 '아빠의 엄마 되기', '엄마의 아빠 되기'와 같은 일들도 행해보고 '엄마인 내가 엄마가 아닌 시간'도 만들어가면서 말이다.

애초에 '기울어진 운동장'이 있었지만 엄마가 되니 먼저 마음이 기운 것도 있었다. 이제 그 치우쳐진 마음을 바로 세우며 가라앉은 쪽에 흙을 채워 평평하게 살기 위해 애쓰려 한다. 고르고 탄탄한 엄마로서의 삶은 우리 모두의 가능한 미래임을 믿는다.

행복과 죄책감 사이

분노하며 사랑하고, 대충하며 만족하는 삶

───────────────

취약성의 아름다움과 한계를

수용하게 해준 것이야말로 돌봄의 경험이

나에게 준 가장 귀한 선물이다.

《돌봄과 작업》중 김희진의 글

잠에서 막 깬 아이가 작디작은 몸을 힘껏 늘려 기지개를 한 후 "엄마 아침이야!" 하며 내 품에 파고든다. 배 속에 있을 때처럼 내 몸 안에 웅크려 들어온 아이를 꽉 안고 뽀얗고 통통한 볼에 뽀뽀한 후 어떤 향기와도 비교할 수 없는 아이의 살 냄새를 맡는다. 이건 모두 오감으로 느끼는 충만한 행복이다. 빨간색도 아니고 하트 모양도 아니지만 선명한 사랑이다.

그런 아이가 아침밥을 안 먹겠다며 투정을 부리고 입에 넣어준 밥을 뱉어버린다. 우유와 식판과 장난감을 다 엎어버리고 양치하기 싫다며 칫솔을 던져버릴 때 내 다섯 종류의 감각은 죄다 하나의 분노로 바뀐다. "먹지 마!" "하지 마!" 사랑은 순식간에 윽박이 된다. "으앙!" 아이는 왕창 울어버리고. 오늘도 아이에게 화를 내며 내 하루를 시작하는구나. 어젯밤에도 아이에게 성내며 하루를 끝냈던 것 같은데. 아직 제대로 시작도 하지 않은 하루와 종일 수고한 내 하루는 그렇게 매일 망쳐지는 것 같다. 숨이 넘어갈 정도로 꺽꺽 우는 아이를 보며 "엄마가 소리 질러서 미안해" 사과하고 달래고 인내심 없는 엄마라는 자괴감을 느낀다.

글 한 줄 쓰고 기저귀를 주문한다. 책 한 장 넘기고 빨래를 돌린다. 잠깐 멍해 있다가 설거지 하고, 시계를 보고 옷을 갈아입고 출근을 한다. 몸만 빠져나온 수면 바지는 침대 위에 똬리를 틀고 있고, 다 마시지 못한 커피는 잔에서 식고, 어제 온 택배 상자는 오늘도 문 앞에 있다. 치워야 할 머리카락과 닦아야 할 먼지와 냄새나는 행주가 그대로 있지만 모두 놔두고 현관문을 연다. 이제 나는 일하러 가야 하니까. 집안일 하다 집 밖 일 못하면 안 되니까. 치우지 않았다고 당장 큰일 나는 거 아니니까. 집안일을 무시해야 집 밖으로 나갈 수 있으니까.

집안일을 하다 내 일을 못하면 화가 나니까 내 일 먼저 하고 시간과 체력이 남아 있는 만큼만 집안일 하기로 한다. '에너지가 조금밖에 없을 땐 적어도 그 에너지를 남과 다른 것에 쓰지 말라'고 했다.

내가 생각하는 엄마에게 너무나도 중요한 관점은 '양가감정'을 인정하는 것과 '타협하는 삶을 사는 것'이다.

양가감정 인정하기

아이에게 다정과 닦달을 순식간에 번갈아 가며 쏟아내는 나는 인내심과 애정이 부족하거나 엄마로서 자질이 없는 사람일까. 아이를 언제나 기다려주고 매 순간 무조건 애정을 보내고 모든 걸 사랑으로 감싸 안는 모성. 그건 과연 가능한 걸까? 오히려 인내심이 없는 건 부모가 아니라 아이다. 아이는 기분을 참을 줄 모른다. 아직 배우지 않았기 때문이다. 인내는 원래부터 꽉 채워져 있는 성질이 아니라 교육과 경험을 통해 습득하며 배우는 거다. 내 감정을 필요에 따라 참을 수도 있어야 한다고 의식하는 건 적어도 아이에게는 아직 오지 않은 차례다. 아직 성숙과 사회화가 덜 된 인간에게는 순서와 정도가 없을 수밖에 없다. 그 때문에 아이와 함께면 사랑과 미움, 기쁨과 짜증, 웃음과 울음은 동시에 생겨난다.

아이로부터 초와 분 단위로 겪는 전혀 다른 감정의 교차. 논리적으로 어긋나는 혼란스러운 감정. 우리는 이 엇갈림과 마주침을 우선 '인정'해야 한다. 내가 왜 이럴까, 나는 왜 이 모양일까, 자책하며 부정하지 말고 아예 다른 차원의 감정과 대상을 두고 서로 비교하거나 부정하지 않아야 한다. 아이가 밉다고 사랑하지 않는 게 아니며, 아이 때문에 짜증이 난다고 아이가 싫은 게 아니다. 우린 알고 있다. '나는 내가 좋고 싫고' '죽고 싶지만 떡볶이는 먹고 싶고' 아이 때문에 너무 행복하고 힘들다. 행복과 힘듦은 전혀 다른 감정이며 비교로 정도가 의심되는 것도 아니다.

아이를 낳지 않았더라도 행복했으리라는 것을 안다. 조금 다른 행복이었을 것이다. 조금 덜 고통스럽고 조금 덜 맹렬한 행복.

《돌봄과 작업》 중 정서경의 글

아직 아는 것보다 모르는 것이 더 많은 아이가 때론 몰라서 잘못을 저지르기도 한다. 그런 일에는 알맞게 혼낸 후 다시 사랑해주면 된다. 아이들은 어른처럼 복잡하지 않고 회복이 빠르다. 그것이 아이가 어른보다 나은 부분이다. 다행이라 생각하고 절충하면 된다. 인정하자. 인간의 감정은 양가적이다. 내 널뛰는 감정을 인정해야 아이의 날뛰는 행동도 이해해줄 수 있다.

타협하는 삶을 살기

내가 하는 말과 행동, 선택하는 모든 것들이 나보다 아이에게 큰 영향을 미친다고 생각하면 나는 한없이 두렵고 취약해진다. 아이는 다 다른 모양이고 육아에는 절대적인 기준이나 정도가 없어 너무나도 어렵다. 동네에서 마주치는 또래 아이들부터 티브이 속 연예인의 자녀들까지 다 비교 대상이 된다. 보육과 교육이 부담스러워진다. 아이가 키가 작아도 발달이 느려도 아파도 다 엄마 탓 같다. 온종일 잠시도 눈을 못 떼고 아이를 돌봐도 사고는 난다. 마치 눈을 깜빡이는 그 순간을 골라 꼭 탈이 나는 것 같다.

엄마표 놀이, 엄마표 반찬, 엄마표 학습. 엄마표가 붙는 것들에는 유기농과 수제, 창의력과 완벽이 있고 네모반듯한 인스타그램 사진에는 어린아이를 둘 셋씩 키우면서도 먼지 한 톨 없는 깨끗한 집 안과 영양소를 고루 갖춘 완벽한 식판이 넘쳐난다. 사실 정갈한 가구 배치와 깔끔하게 정리된 거실은 쇼룸 아닌가. 산다는 일은 끊임없이 어딘가를 더럽히고 쓰레기를 만드는 일이기도 한데 아이가 있다면 말할 것도 없고. 나만 어지럽고 뒤처지고 부족한 엄마 같다. 하지만 우린 모두 잘 알고 있다. 정작 진짜 우리네 삶은 편집되고 잘려 나간 정사각형 밖에 있다는걸. 나도 셀카부터 아이 사진까지 올릴 사진은 제일 정갈하고 잘 나오고 번듯한 걸로 고른다. 진짜 생계와 살림은 100장 중 골라낸 두세 장이 아니라 휴지통으로 이동한 97, 98장에 담겨 있다. 그러니 SNS에 넘쳐나는 쇼룸과 각종 엄마표를 기준 삼지 말자.

정우열 정신과전문의는 한때 아빠표 반찬이라며 매주 SNS에 사진을 올렸다. 사진에는 흰밥에 김, 흰밥에 참치캔, 딱 한 가지의 반찬만이 놓여 있었다. 많은 엄마들이 이 사진을 보고 위로를 받았다며 댓글을 달았는데, 나는 이 반찬이 엄마표라고 해도 비난받거나 이상하지 않은 세상이 되길 원한다. 반찬 하나만 해주자는 거 아니다. 때론 엄마도 흰밥에 반찬 하나만 해줘도 죄책감에 자책하지 않는 사회 분위기가 만들어지길 원한다. 나도 당근과 양파, 호박을 잘게 썰어 새우를 넣고 볶음밥을 해줘도 또 다른 반찬이나 국을 뭘 함께 줘야 할까 고민했었다. 엄마라서 말이다.

아이 있는 삶에서 부지런 대신 대충을 선택하는 엄마는 잘 못된 걸까. 아이를 키우는 일만큼이나 나를 성장시키는 일도 중요하게 생각하는 엄마는 이기적인 걸까. 사 먹이는 반찬은 무조건 나쁜 걸까. 어린이집에 가장 늦게 아이를 하원하러 가는 엄마는 죄인인 걸까. 엄마로만 살지 않는 엄마는 부족한 걸까. 아니라고 '엄마'들이 말해야 한다.

집안일은 내 일의 전부가 아니며 엄마도 나의 일부일 뿐이다. 나도 자꾸만 까먹어서 되뇐다. 나는 더이상 나를 집안일과 커리어, 육아와 엄마라는 역할 속에서 몰아세우거나 다그치지 않으려고 한다. 해야 할 일과 챙겨야 할 것이 너무 많아 화를 내는 대신 적당히 멀티태스킹하며 조금씩 부족해도 고루 다 해내는 나를 한 번 더 칭찬해주기로 한다. 아이를 키운다는 건 그런 거다. 매번 정신없고 시간에 쫓기는 일. 그러니 전술이 필요하다.

때때로 포기는 현명한 타협이 될 수도 있고 적당히는 나를 숨통 트이게 하는 방법이 될 수 있다. 완벽하지 않다고 해서 반드시 부족한 것도 아니니까. 난 오늘도 아이 반찬을 주문한 후 아이가 가장 좋아하는 주방 놀이와 병원 놀이를 함께하며 열정적인 요리사와 환자가 되었다. 요리를 포기하고 놀이를 선택한 것이다. 잠들기 전 아이는 나에게 말했다. "난 엄마가 제일 좋아!" 나도 행복하고 아이도 사랑스럽다.

더 진한 농도의 정성으로 아이를 돌보고 싶은 일상적인 충동을 억누르며 폭발적인 집중력으로 일하는 법을 깨쳐간다. 걸핏하면 불쑥 고개를 들어 나를 좀먹는 죄책감에서 벗어나기 위해 모든 것이 완벽할 수 없다는 사실에 동의하는 법도 조금씩 배워간다. 밥을 지으면서도 글을 지을 수 있음을, 돌봄의 영역 바깥에서 나를 실현할 권리를 주장하는 것이 아이들을 사랑한다는 사실과 어긋나는 것이 아님을 더 많은 사람들에게 보여주고 싶기 때문이다.

《돌봄과 작업》 중 박재연의 글

우리 아이가 나를 좋아해주는 것처럼 나 또한 엄마인 나도, 엄마가 아닌 나도 제일 좋다.

책을 마치며

고통은 끊어지고, 우리의 삶은 이어질 거예요

많이 힘들죠?

이 짧은 말 한마디에 또 와르르 울어버리는 건 아닌지 조심스럽네요. 아파서 우울하고, 우울해서 아프고. 어떻게 해야 할지 어떻게 하지 말아야 할지 다 모르겠죠? 아무것도 하기 싫은데 아무것도 안 할 수도 없고 말이에요. 품에는 가장 나약하고 소중하고 사랑스러운 한 생명체가 모든 걸 나에게 의지한 채 안겨 있네요. 행복하고 고단해요.

엄마가 되니 제일 필요한 건 '엄마'더라고요. 이거 먹으라고, 좀 쉬라고, 누워 있으라고 토닥여줄 누군가가 너무 간절해져요. 돌봄은 하는 것만큼이나 받을 수도 있어야 이어갈 수 있는 일이니까요.

그냥 좀 한동안 누워만 있고 싶은데 엄마가 되고 나서는 그게 제일 힘든 일이 됐어요. 푹 자는 것, 혼자 있는 것, 심심해보는 것, 갓난아이 앞에서 모두 불가능한 게 되어버렸죠. 누군가 어디가 아프냐 물으면 다 아프고, 뭐가 제일 힘드냐 물으면 다 힘들고, 그래서 어떻게 하면 좋겠냐 물으면 나도 모르겠고. 고통과 우울은 찰싹 붙어 자꾸만 배가 되고 사는 것도 죽는 것도 아무것도 할 수가 없어요. 죽고 싶은데 못 죽겠고 살고 싶은데 못 살겠죠.

사실 우린 모두 죽을 뻔하다 산 거잖아요. 출산이란 그런 거잖아요. 자연분만이든 제왕절개든 삶과 죽음의 경계 사이에서 탄생이 만들어지는 거잖아요. 아이의 출생은 엄마의 고통으로 시작되는 일이기에 우리는 악을 쓰고 마취를 하고 모든 걸 감내하죠. 그래서 엄마는 필연적으로 아픈 엄마로 시작해요. 아플 수밖에 없는 거예요. 내가 약한 게 아니에요. 신현림 시인의 어느 시 제목은 이래요. '너는 약해도 강하다'

누구는 단 세 번만에 힘주고 애를 낳았고 제왕을 해도 다음 날부터 걸었다더라. 젖몸살과 유선염 한번 없이 '완모'를 하고 아이가 너무 순해 거저 키웠다더라. 출산하고 생리불순도 없어지고 더 건강해졌다더라. 그런 말 앞에 아프고 우울한 엄마는 아픔에 대해 말할 기회를 잃어요. 원래 세상에 놀랍고 신기한 이야기는 드문데도 더 크게 들리는 법이니까요. 그건 보통이 아니라 희박하고 희귀한 건데도 마치 엄마의 표본과 이상처럼 여겨지죠.

　열여섯 시간의 진통 끝에 응급 제왕을 하고, 수술 후 며칠 동안을 너무 아파 식물인간처럼 누워만 있고, 아이의 예쁨보다 내 고립과 단절이 훨씬 크고, 꽤 오래 산후우울증이 이어지고, '엄마됨을 후회'하고. 어쩌면 이런 말이 보통 아닐까요? 하지만 아픈 사람은 아파하느라 말을 못하고, 고통은 정확하게 묘사하기가 참 힘들죠. 고통스러우니까요. 자기의 상태를 언어화하지 못하는 사람은 괴로움을 이해받기 어렵고. 그래서 홀로 아픔이 곪아가요. 우울에 잠식돼요. 아프고 우울한 엄마가 돌봄을 하다 더 아프고 또 우울해져요.

　과연 반드시 출산 후 엄마는 모성애가 젖과 꿀처럼 흐르고 세상 가장 큰 행복만을 경험하며 아이와 함께 사랑 충만한 인간으로 완벽히 성숙해가는 걸까요? 틀림없다는 말은 틀리는 경우도 있어요. 우리는 필히 그 말을 정정해야 합니다. 고통의 이야기가 많아져야 하는 이유입니다. 당신의 고통은 정당해요.

　우울한 날들이 길게 선처럼 이어질 땐 잘 사는 게 아니라 그냥 사는 것 자체가 미션이 되고 말아요. 매일 그 힘겨운 미션을 수행하느라 너무 지치고. 힘이 나질 않는데 또 힘을 내서 살아야만 하고. 하루가 너무 괴로운데 그 괴로운 하루하루가 이어질 남아 있는 생은 너무나 긴 것만 같고. 아직 젊은 나는 청춘이 필요 없고 어서 늙어 버리고만 싶죠. 돌봄이 이렇게나 힘겹고 끊임없을 줄이야. 아이가 빨리 커버렸으면 싶어요.

금방 큰다고, 그때가 그리울 거라고 하는 말은 맞긴 해도 통과한 것들에 대해 힘겨운 과정은 빼고 나아진 결과만을 담은 말이잖아요. 지나간 말보다 어떻게 지금을 잘 보낼 수 있을지 고민해주는 사려가 우리에겐 당장 더 필요하잖아요. 오지 않은 미래에 대한 막연한 긍정보다 현실을 인정하고 대안을 생각해보는 게 중요해요. 아프고 우울한 엄마에게 진짜 필요한 건 아이를 대신 받아주고, 집안일 하지 말라고 말려주고, 병원에 갈 시간과 치료받을 돈을 주는 거예요. 아이보다 엄마가 더 중요하다고 계속 알려주는 거죠. '울지 마'가 아닌 '울고 푹 자'라며 안심시켜 주는 거예요. 약을 먹고 상담을 받고 아이와 잠시 떨어져 있는 시간을 가질 수 있도록 실질적으로 도와주는 거예요.

저는 2년 반이 걸렸어요. 아픈 게 덜 아프고, 우울한 게 덜 우울해지기까지요. '덜'이라는 한 글자를 쓰기까지 참 오래도 아프고 우울했네요. 겪어보니 기쁨은 흐르고 슬픔은 고이고 우울은 고립되는 거더라고요. 아이는 매일 자라나는데 엄마인 나는 한동안 멈춰 있기만 하고, 삶의 앞뒤가 어디인지 몰랐죠.

그때를 돌이켜보면 아이를 낳고 더 행복해야 하는데 덜 행복했고, 덜 슬퍼야 하는데 더 슬펐던 시간이었던 것 같아요. 이 맞지 않는 행복과 슬픔의 비율이 언제쯤 맞춰질까 참 막연했죠. 사는 건 까마득하고 기쁨은 아득한데 고통만 선명했어요. 울지 않고서는 못 배겼어요. 나도 내 아이처럼 모든 표현을 악과 눈물로 했던 날들이었습니다.

제가 바라는 한 가지가 있다면 이 글을 읽고 있을 엄마들이 적어도 저보다는 짧게 아팠으면 해요. 신영복 옥중서간《감옥으로부터의 사색》에 보면 이런 문장이 나와요. '제가 서둘러 해야 하는 일은 나와 내 주위의 모든 아픔들의 낭비를 막는

일입니다. 어쩌면 아픔을 끝까지 앓는 행위야말로 그것의 가장 정직한 방법인지도 모릅니다.'

누군가 저에게 그래도 어떻게 우울을 극복했냐 묻는다면 저 문장에 답이 있어요. 우울을 끝까지 앓았죠. 정직하게요. 저는 우울증을 극복하거나 이겨내지 않았어요. 지독하게 앓은 후 치료했어요. 여러 시행착오를 겪은 후 끝내는 다스려 낫게 했어요. 그런데 다른 엄마들은 우울 앞에 정직하지 않았으면 해요. 모든 수단과 방법을 동원해 하루라도 빨리 우울에서 달아나길 바라요. '모든 아픔들의 낭비를 막기' 위해 제 아픔을 나누는 중입니다.

우린 모두 저마다 예뻤고, 각자의 위치에서 조용히 빛났어요. 여태까지 이어온 삶이 그 증거예요. 그런데 임신과 출산을 하며 고통과 단절과 고립을 겪고 있죠. 작은 아이가 배 속에서 나왔을 뿐인데 왜 삶이 뚝뚝 끊겨야 하는지 화가 나요.

적어도 그건 내 잘못은 아니잖아요. 출생에만 집중해 그 이후를 세세하게 고민하지 않는 사회와 정책이 잘못된 거죠. 아이 낳지 않는 여자들이 아니라 아이 키우기 힘든 우리나라가 더 문제인데 말이에요. 원인과 결과가 뒤바뀐 문제는 개인 탓을 하면 간단해지니까요.

나는 아프고 우울한 엄마가 자기 탓만 하지 않기를 바랍니다. 우울한 상태에서는 결국 화살이 다 나에게 꽂혀 심각해지면 '내가 죽어야지'라고 생각이 뻗치죠. 모든 병은 다 살려고 하는데 유일하게 우울만이 죽으려고 한대요. 제가 그랬거든요. 하지만 죽음이 해결해주는 건 아무것도 없어요. 우울증을 겪은 어느 작가의 고백처럼 '죽어서가 아니라 살아서 이 우울을 끝내야'죠.

저도 잘 못 한 방법이지만, 엄마가 된 후 우울이 찾아왔다면 엄마를 잠깐 내려놓는 것도 한 방법이에요. 엄마이기를 잠깐 멈춘다고 엄마가 아닌 건 아니니까요. 원래 아픔은 모든 걸 멈추고 그 아픔을 우선순위로 돌봐야 괜찮아지는 일이에요. 하루 온전히 외출을 하고 오는 것부터 며칠 동안 혹은 한동안 아이를 맡기고 쉬거나 여행을 다녀오는 일까지. 이건 미안하고 나약한 일이 아니라 용기를 내는 일이에요.

저도 그 용기를 처음에 잘 못 냈어요. 아파도 아이를 끌어안고 아팠고 우울해도 말 못 하고 울기만 했죠. 그래서 길어졌어요. 사계절을 두 번 겪고 나서도 이어졌죠. 도움을 받는 게 익숙하지 않아서, 엄마인 저조차도 돌봄은 엄마의 영역이라고 좁게 생각했어요. 그래서 이 범위가 넓어지지 않는 게 아닐까요.

제가 만난 상담센터 선생님은 '도움을 받는 실험'을 하라고 했거든요. '케어는 생존 다음'이라고. '우울을 전체가 아니라 부분으로 인식하고 내가 우울증이 아니라 나의 일부가 우울감이 깊은 것'이라고 했어요.

　기억해요. 지금은 비록 단절과 고립, 아픔과 우울을 겪고 있지만 이건 영원하지 않아요. 아이는 크고 엄마라는 역할에도 결국 타협하고 적응하게 될 거거든요. 보세요. 저도 이렇게 괜찮아져 쓰고 말하고 있잖아요. 제가 증거가 될게요. 고통은 끊어지고 우리의 삶은 이어질 거예요. 성장하고 일하고 즐기고 생각하고 계획하고 열심히 살아왔던 나는 없어지지 않아요.

　'기쁨과 마찬가지로 슬픔도 사람을 키운다는 쉬운 이치'를 머릿속에 각인시키고 엄마가 되어가며 더 커질 우리가 아이도 더 잘 키울 수 있을 거예요.

　엄마가 된 우리는 최고로 최선을 다해 살고 있어요. '우리는 약해도 강해요.'